C. S. Lewis

Der König von Narnia

UEBERREUTER

Die Deutsche Bibliothek – CIP-Einheitsaufnahme

Lewis, Clive S.:
Die Chroniken von Narnia / C. S. Lewis. – Wien : Ueberreuter
Einheitssacht.: The chronicles of Narnia <dt.>

Bd. 2. Der König von Narnia /
[aus dem Engl. von Lisa Tetzner]. – 2002
ISBN 3-8000-2044-0

Aus dem Englischen von Lisa Tetzner
Titel der Originalausgabe: »The Lion, the Witch and the Wardrobe«
First published in Great Britain by Geoffrey Bles in 1950

Umschlaggestaltung von Zembsch' Werkstatt, München

Druck: Ueberreuter Print
1 3 5 7 6 4 2

Ueberreuter im Internet: www.ueberreuter.at

www.narnia.com

Inhalt

Lucy schaut in einen Wandschrank

Es waren einmal vier Kinder: Peter, Suse, Edmund und Lucy. Im Krieg wurden sie wegen der vielen Luftangriffe von London fortgeschickt in das Innere des Landes, in das Haus eines alten Professors, der zehn Meilen von der nächsten Bahnstation und zwei Meilen von der nächsten Post wohnte. Er hatte keine Frau und lebte in einem sehr großen Haus mit einer Wirtschafterin, Frau Macready, und drei Zimmermädchen, die Ivy, Margarete und Betty hießen, aber sie kommen in unserer Geschichte kaum vor. Unsere Geschichte erzählt bloß etwas von dem, was den vier Kindern dort widerfuhr.

Der Professor war ein alter Mann mit struppigen weißen Haaren. Sie wuchsen nicht nur auf seinem Kopf, sondern auch auf seinem Gesicht. Er gefiel ihnen auf den ersten Blick. Aber er erschien ihnen recht merkwürdig, als er bei ihrer Ankunft vor das Haustor trat um sie in Empfang zu nehmen. Lucy, die Jüngste, erschrak ein bisschen vor ihm und Edmund, der Zweitjüngste, verkniff sich das Lachen und tat so, als müsste er sich die Nase schnäuzen.

Sobald die Kinder dem Professor gute Nacht gesagt hatten und zum Schlafen hinaufgingen, kamen die Jungen in das Zimmer der Mädchen und sie schwatzten noch zusammen.

»Ich glaube, wir haben Schwein gehabt«, sagte Peter. »Hier wird es toll. Der alte Knabe lässt uns ganz sicher tun und lassen, was wir wollen.«

»Er ist ein netter alter Herr!«, meinte Suse.

»Ach Quatsch!«, sagte Edmund. Er war müde, wollte das aber nicht zeigen und da war er stets schlechter Laune. »Hör doch mit dem Gerede auf.«

»Was für Gerede?«, fragte Suse. »Für dich ist es höchste Zeit. Geh zu Bett.«

»Du versuchst mal wieder Mutter zu spielen«, grollte Edmund. »Seit wann hast du zu bestimmen, wann ich ins Bett muss? Geh doch selber schlafen!«

»Wir sollten uns eigentlich alle schlafen legen«, schlug Lucy vor, »es gibt sicher Krach, wenn man uns hier schwatzen hört.«

»Nein, uns hört keiner«, sagte Peter. »In diesem Haus kümmert sich niemand um uns. Keiner kann uns hören. Man braucht fünf Minuten von hier aus bis zum Speisezimmer hinunter und dazwischen liegen noch eine Menge Treppen und Gänge.«

»Pst! Was ist das?«, fragte Lucy plötzlich. Sie war nie zuvor in einem so weitläufigen Haus gewesen, und als sie an die langen Gänge und die vielen Türen dachte, gruselte ihr.

»Dummes Schaf«, spottete Edmund. »Es ist bloß ein Vogel.«

»Eine Eule«, erklärte Peter. »Hier ist ein Paradies für Vögel. Ich geh jetzt schlafen und morgen ziehn wir los und untersuchen alles. Was werden wir hier nicht alles entdecken! Habt ihr auf unserer Fahrt die Berge gesehen? Und die Wälder? Da wird es Adler geben, Hirsche, Habichte.«

»Dachse«, ergänzte Lucy.

»Füchse!«, rief Edmund.

»Kaninchen«, sagte Suse.

Doch als der nächste Morgen anbrach, fiel ein so dichter, gleichmäßiger Regen, dass man hinter den Fenstern weder die Berge noch die Wälder, nicht einmal den Bach im Garten sehen konnte.

»Natürlich, dacht ich's mir doch, dass es regnen würde!«, rief Edmund ärgerlich.

Sie hatten gerade mit dem Professor gefrühstückt und waren oben in ihrem abseits gelegenen Zimmer. Es war ein langer Raum mit zwei Fenstern nach der einen und zwei nach der andern Seite.

»Hör auf zu maulen, Ed«, schalt Suse. »Ich wette mit dir, in einer Stunde oder so wird es sich aufhellen. Bis dahin sind wir hier sehr gut aufgehoben. Es gibt eine Menge Bücher und ein Radio.«

»Das ist nichts für mich«, meinte Peter. »Ich sehe mich im Haus um.«

Dazu waren alle bereit und so begannen die Abenteuer. Das Haus steckte voller Überraschungen und schien kein Ende zu nehmen. Die ersten Türen, die sie öffneten, führten in unbewohnte Schlafzimmer und als wohl erzogene Kinder schlossen sie die Türen ohne einzutreten. Doch bald kamen sie in einen Gemäldesaal; dort entdeckten sie sogar eine Anzahl Rüstungen, dahinter einen grün behangenen Raum. In einer Ecke stand eine Harfe, dann führten drei Stufen abwärts und fünf Stufen aufwärts, nun kam ein Vorraum mit einer Tür auf einen Balkon und danach eine ganze Zimmerflucht. Ein Zimmer führte in das andere, die Wände waren voller Bücher; die meisten Bücher waren sehr alt und einige noch dicker als das Messbuch in der Kirche. Gleich darauf schauten sie in ein vollständig leeres Zimmer. Es war bloß ein mächtig großer Wandschrank darin mit einem Spiegel an der

Tür, und auf dem Fenstersims lagen ein paar tote Schmeißfliegen.

»Da ist nichts!«, erklärte Peter. Sie trotteten wieder hinaus.

Nur Lucy blieb zurück. Was steckt wohl in dem Schrank, dachte sie, und obgleich sie sicher glaubte, dass der Schrank verschlossen sei, öffnete sich die Tür zu ihrer Überraschung ganz leicht und zwei Mottenkugeln rollten heraus. Als sie hineinschaute, sah sie verschiedene Mäntel hängen, hauptsächlich lange Pelze. Nichts mochte Lucy lieber als Pelze, ihren Geruch und das weiche Fell zwischen den Fingern. Sie kroch flugs zwischen die Pelze und rieb ihr Gesicht dagegen. (Natürlich schnappte sie die Tür nicht ins Schloss, denn sie wusste genau, wie töricht es ist, sich in einen Kleiderschrank einzuschließen.) Bald kroch sie tiefer hinein und entdeckte dabei hinter der ersten Mantelreihe eine zweite. Es war beinahe ganz dunkel im Schrank, und um nicht mit der Nase an die Hinterwand zu stoßen, hielt sie die Arme vor sich ausgestreckt. Vorsichtig wagte sie erst einen, dann zwei, ja sogar drei Schritte, sie erwartete jeden Augenblick mit ihren Fingerspitzen an die Wand zu tasten, aber die kam nicht und kam nicht.

Das muss ja ein geradezu riesenhafter Schrank sein, dachte Lucy. Sie ging noch tiefer und schob die weichen Mantelfalten zur Seite um Platz zu schaffen. Da knirschte etwas unter ihren Füßen. Wohl noch mehr Mottenkugeln?, dachte sie und beugte sich nieder um sie aufzuheben. Aber sie fasste nicht das harte, glatte Holz des Bodens, sie griff etwas Weiches, Pulvriges und ganz Kaltes. Das ist doch recht sonderbar, überlegte sie und ging noch einige Schritte weiter.

Nun fühlte sie gar keinen weichen Pelz mehr an

Gesicht und Händen, sondern etwas Hartes, Raues, sogar Stachliges. Was ist denn das? Sind das nicht Baumzweige? Da sah sie ein Licht vor sich. Die Rückwand des Schrankes sollte doch nur wenige Zentimeter von ihr entfernt sein und war weiß Gott wo! Etwas Kaltes und Weiches rieselte auf sie nieder und gleich darauf stand sie mitten in einem Wald in stockdunkler Nacht. Unter ihren Füßen lag Schnee und aus der Luft sanken Schneeflocken herab.

Lucy erschrak und fürchtete sich, war aber zugleich auch ein wenig neugierig. Sie schaute zurück und konnte zwischen den dunklen Baumstämmen noch die offene Schranktür, ja sogar ein Stück des unbewohnten Zimmers sehen, aus dem sie gekommen war. Dort hinten schien es noch lichter Tag zu sein. Ich kann immer zurück, wenn etwas schief geht, dachte Lucy. Sie lief weiter – knirsch, knirsch – über den Schnee und durch den Wald auf das andere Licht zu. Es dauerte eine Zeit lang, dann erreichte sie das Licht. Es war eine Straßenlaterne!

Sie blieb stehn und schaute sich um. Wieso brennt mitten im Wald eine Straßenlaterne?, fragte sie sich. Da hörte sie plötzlich trappelnde Schritte und sah ein seltsames Wesen unter den Bäumen auf die Laterne zukommen.

Es war nur ein wenig größer als Lucy und hielt über seinem Kopf einen weiß beschneiten Schirm. Von der Mitte aufwärts hatte es die Gestalt eines Mannes, doch nach unten zu hatte es Ziegenbeine – das Fell daran war glänzend schwarz – und richtige Ziegenhufe statt der Füße. Es hatte auch einen Schwanz, den Lucy aber nicht gleich bemerkte, weil es ihn über den Arm, der den Regenschirm trug, geschlungen hatte, um ihn nicht durch den Schnee zu schleifen. Es hatte einen roten Wollschal um den Hals und seine Haut war auch rötlich. Sie sah ein fremdartiges, doch nettes Gesicht mit einem kurzen Spitzbart und lockigem Haar. Aus dem Haar ragten zwei Hörner, auf jeder Seite eins. Die eine Hand hielt – wie ich schon berichtete – einen Regenschirm, die andere sorgfältig verschnürte Pakete. Mit diesen Paketen mitten in der Schneelandschaft sah es genauso aus, als hätte es Weihnachtseinkäufe gemacht. Es war ein Faun! Und als er Lucy erblickte, erschrak er derart, dass er alle seine Pakete zu Boden kollern ließ. »Um Himmels willen!«, rief der Faun aus.

Was Lucy dort fand

»Guten Abend«, sagte Lucy. Doch der Faun war so beschäftigt, seine Pakete aufzulesen, dass er zunächst nicht antwortete, und als er sie alle wieder beisammen hatte, machte er vor Lucy eine kleine Verbeugung.

»Guten Abend, guten Abend«, antwortete nun der Faun. »Entschuldigen Sie, ich will nicht aufdringlich sein, aber wenn ich nicht irre, sind Sie eine Evastochter.«

»Mein Name ist Lucy.« Sie verstand ihn nicht recht.

»Doch Sie sind ... entschuldigen Sie bitte ... was man so sagt ... ein Mädchen?«

»Selbstverständlich bin ich ein Mädchen.«

»Sie sind wirklich ein Mensch?«

»Natürlich bin ich ein Mensch«, entgegnete Lucy immer noch ein wenig verwirrt.

»Gewiss, gewiss!«, sagte der Faun. »Ach wie dumm von mir! Aber ich habe noch nie einen Adamssohn oder eine Evastochter gesehn. Ich bin begeistert! Das ist ja geradezu ...«, doch dann stockte er, als hätte er schon zu viel gesagt, sich aber zur rechten Zeit noch besonnen. »Hocherfreut! Hocherfreut!«, beteuerte er. »Gestatten Sie, dass ich mich Ihnen vorstelle. Mein Name ist Tumnus.«

»Sehr erfreut, Sie kennen zu lernen, Herr Tumnus«, sagte Lucy.

»Und darf ich fragen, o Lucy, Evastochter, wie Sie nach Narnia kamen?«

»Narnia? Was ist das?«, fragte Lucy.

»Hier ist das Land Narnia«, antwortete der Faun. »Da, wo wir stehn. Es liegt zwischen der Straßenlaterne und dem großen Schloss Feeneden am Meer des Ostens. Sind Sie aus dem Westen gekommen, aus den wilden Wäldern?«

»Nein, aus dem Wandschrank im leeren Zimmer.«

»Ach«, seufzte Herr Tumnus etwas schwermütig. »Hätte ich nur als kleiner Faun besser in Geografie aufgepasst, dann wüsste ich mehr über die fremden Länder. Nun ist es zu spät.«

»Aber das sind gar keine fremden Länder«, sagte Lucy fast lachend. »Es ist gleich dahinten ... wenigstens glaube ich es ... Dort ist noch Sommer.«

»In Narnia ist, solange ich mich erinnere, immerzu Winter. Wir werden uns beide erkälten, wenn wir noch länger hier im Schnee herumstehn, o Evastochter aus dem fernen Land mit der strahlenden Stadt Wandschrank und dem ewigen Sommer! Darf ich Sie zu einer Tasse Tee bitten?«

»Vielen Dank, Herr Tumnus«, antwortete Lucy, »doch ich sollte jetzt lieber nach Hause.«

»Ach, es ist doch gerade nur um die Ecke«, bat der Faun, »und dort finden wir ein prasselndes Feuer ... und Toast ... und Sardinen ... und Kuchen.«

»Sehr liebenswürdig von Ihnen«, sagte Lucy. »Aber lange kann ich nicht bleiben.«

»Wollen Sie meinen Arm nehmen, Evastochter?«, fragte Herr Tumnus, »dann kann ich den Schirm besser über uns beide halten. Da ist der Weg.«

Und so ging Lucy Arm in Arm mit diesem wunderlichen Geschöpf durch den Wald, so selbstverständlich, als hätten sie einander ihr Leben lang gekannt.

Sie waren noch nicht weit, da kamen sie an eine

Stelle, wo der Boden uneben wurde, überall waren Felsen und sie stiegen kleine Hügel auf und ab. Am Ende eines schmalen Tales wandte sich Herr Tumnus plötzlich seitlich, als wollte er geradewegs in einen mächtigen Felsen hineinspazieren. Erst im letzten Augenblick sah Lucy, dass er sie zum Eingang einer Höhle führte. Als sie drinnen waren, erblickte sie den Schein eines Holzfeuers. Herr Tumnus beugte sich nieder, nahm ein glühendes Stück Holz mit einer Zange aus dem Feuer und zündete eine Lampe an. »Nun wollen wir es uns bequem machen«, sagte er, gleich darauf hängte er den Teekessel über das Feuer.

Lucy hatte nie zuvor einen reizenderen Ort gesehen. Es war eine kleine trockene, saubere Höhle aus rotem Stein mit einem Teppich auf dem Boden und zwei kleinen Stühlen.

»Einer für mich, einer für einen Freund«, bemerkte Herr Tumnus.

Es gab einen Tisch und eine Anrichte und ein Kaminsims über dem Feuer. Darüber hing das Bild eines alten, graubärtigen Fauns. In einer Ecke war eine Tür, die wohl in den Schlafraum des Herrn Tumnus führte, und an einer Wand stand ein gefülltes Bücherbord. Lucy betrachtete die Bücher, während er den Teetisch deckte. Sie fand hier Titel wie Leben und Briefe des Silenus – Der Lebenswandel der Nymphen – Menschen, Mönche und Wildhüter. Auch eine Studie volkstümlicher Legenden war dabei und ein Band: Ist der Mensch nur ein Mythos?

»Evastochter, der Tee steht bereit.«

Ach, was war das für ein wundervoller Tee! Es gab für jeden ein köstliches Ei, weich gekocht, Sardinen auf Toast, danach Toast mit Butter, Toast mit Honig und zuletzt eine Torte mit Zuckerguss. Und als Lucy reichlich satt war, begann der Faun wunderbare Waldgeschichten zu erzählen. Er berichtete vom Mitternachtstanz, von dem Leben der Nymphen in den Quellen und von den Waldnymphen in den Bäumen, die zum Tanz mit den Faunen herniederstiegen. Er erzählte von den Jagden nach dem schneeweißen Hirsch, der Wünsche gewährt, wenn man ihn aufspürt, von großen Festen und Schatzgräbereien tief unter dem Waldesboden, in Gruben und Höhlen mit dem Volk der wilden roten Zwerge. Dann erzählte er vom Sommer, wenn die Bäume grün sind und der alte Silen auf seinem plumpen Esel zu Besuch kommt. Ja, manchmal käme sogar Bacchus selbst und dann flösse in den Bächen statt des Wassers Wein, und der ganze Wald verwandle sich für viele Wochen in Fröhlichkeit.

»Das alles gibt es nicht mehr. Jetzt ist immerzu Winter«, schloss er verdrießlich. Und dann entnahm er einer Schachtel auf der Anrichte eine kleine sonderbare Flöte; sie sah aus wie aus Stroh geflochten. Und um sich aufzuheitern begann er zu spielen. Aber während er spielte, hatte Lucy den Wunsch, zu lachen und zu weinen, zu tanzen und zu schlafen, alles zur gleichen Zeit. Stunden mussten vergangen sein, als ihr das plötzlich bewusst wurde. Da sagte sie:

»Oh, Herr Tumnus, es tut mir Leid, Sie zu unterbrechen. Ihr Spiel ist wunderschön, aber wirklich, ich muss nach Haus. Ich wollte ja nur wenige Minuten bleiben.«

Der Faun legte seine Flöte nieder und schüttelte bekümmert den Kopf. »Im Augenblick ist es nicht ratsam, sich hinauszubegeben.«

»Nicht ratsam?«, fragte Lucy. Sie sprang auf und war recht erschrocken. »Was wollen Sie damit sagen? Ich muss sofort heim. Die andern werden sich wundern, wo ich geblieben bin.« Aber gleich darauf fragte sie: »Herr Tumnus, was haben Sie denn?« Die braunen Augen des Herrn Tumnus hatten sich mit Tränen gefüllt, schon tropften sie auf seine Wangen, liefen ihm über die Nase, und schließlich bedeckte er sein Gesicht mit beiden Händen und schluchzte.

»Herr Tumnus, Herr Tumnus!«, rief Lucy bestürzt. »Nicht doch, nicht doch! Was fehlt Ihnen denn? Fühlen Sie sich nicht wohl? Lieber Herr Tumnus, so sagen Sie es mir doch. Ist Ihnen schlecht?« Aber der Faun schluchzte weiter, als wollte ihm das Herz brechen. Ja, sogar als Lucy ihn umarmte und ihm ihr Taschentuch reichte, hörte er nicht auf zu weinen. Er nahm das Tuch und benutzte es; sobald es zu nass war, wand er es aus und Lucy stand schließlich fast in einer Pfütze.

»Herr Tumnus!«, schrie sie ihm ins Ohr und schüttelte ihn. »Hören Sie doch auf! Hören Sie sofort auf! Ein großer, erwachsener Faun wie Sie! Schämen Sie sich doch! Warum weinen Sie eigentlich so sehr?«

»Ach«, schluchzte er, »ich weine, weil ich ein so böser Faun bin.«

»Ich glaub gar nicht, dass Sie ein böser Faun sind. Sie sind der netteste Faun, den ich jemals getroffen habe.«

»Wenn Sie alles wüssten, dann würden Sie das nicht sagen. Ich bin wirklich ein böser Faun. Ich denke, seit Weltbeginn gab es keinen schlechtern.«

»Aber was haben Sie denn getan?«

»Mein alter Vater – dort über dem Kamin hängt sein Bild – hätte niemals Derartiges getan.«

»Was denn?«, fragte Lucy.

»Das, was ich tat.« Der Faun schluchzte weiter. »Diener der Weißen Hexe zu werden! Das bin ich nämlich. Ich stehe in ihrem Sold.«

»Die Weiße Hexe? Wer ist denn das?«

»Ei nun! Sie hat ganz Narnia in ihrer Hand. Sie macht immerzu Winter. Immerzu Winter und niemals Weihnachten! Stellen Sie sich das einmal vor!«

»Wie schrecklich«, sagte Lucy. »Aber wofür bezahlt sie Sie denn?«

»Das ist ja das Schlimmste von allem«, klagte Herr Tumnus mit einem Seufzer. »Ich bin ihr Werber, ihr Menschenfänger. Ja, das bin ich. Sehn Sie mich nur an, Evastochter. Würden Sie das für möglich halten? Ich gehörte zu der Sorte von Faunen, die arme unschuldige Kinder, wenn sie ihnen im Walde begegnen, Kinder, die ihnen niemals etwas zuleide getan haben, freundlich in ihre Höhle einladen, nur um sie einzulullen und dann der weißen Zauberin auszuliefern.«

»Nein«, sagte Lucy, »so etwas könnten Sie nie tun.«

»Doch, ich tat es!«, jammerte der Faun.

»Nun denn«, begann Lucy möglichst ruhig, sie wollte nicht zu schroff mit ihm sein, sondern ihn trösten, »das war wirklich schlecht, aber da es Ihnen so Leid tut, werden Sie es bestimmt nicht wieder tun.«

»Ach, Evastochter, Sie verstehn mich gar nicht. Ich erzähle nicht nur so irgendetwas. Ich habe es nicht nur schon früher getan. Ich tue es eben jetzt.«

»Was soll das heißen?«, schrie Lucy und wurde ganz bleich.

»Sie sind das Kind«, klagte Herr Tumnus. »Ich hatte Befehl von der Hexe, sollte ich jemals eine Evastochter oder einen Adamssohn im Walde antreffen, dann hätte ich sie zu fangen und ihr auszuliefern. Und wie ich Ihnen begegnete – Sie waren die erste, die ich jemals sah –, tat ich, als sei ich Ihr Freund, bat Sie zum Tee und wartete die ganze Zeit nur darauf, dass Sie einschliefen. Dann wollte ich zu ihr gehn, es ihr erzählen und Sie ihr ausliefern.«

»Aber das werden Sie doch nicht tun, Herr Tumnus! Nein, das machen Sie sicherlich nicht. Sie dürfen es nicht.«

»Wenn ich es nicht tue«, jammerte er und weinte aufs Neue, »wird sie es bestimmt herausbekommen. Sie wird mir den Schwanz abschneiden und die Hörner absägen und meinen Bart ausrupfen und sie wird ihren Zauberstab über meine schön gespaltenen Hufe schwingen und sie in scheußlich verklumpte Hornbatzen verzaubern, wie es die armen Pferde haben. Falls sie besonders wütend ist, wird sie mich versteinern, ich werde nur noch als eine Faunfigur neben den vier Thronen in ihrem schrecklichen Haus auf Feeneden stehn. Gott weiß, was alles geschehn kann und noch draus werden wird.«

»Es tut mir sehr Leid, Herr Tumnus, aber bitte lassen Sie mich jetzt nach Hause.«

»Selbstverständlich sollen Sie nach Hause gehn. Auch ich halte es nun für das Beste. Ich sehe es ein. Bevor ich Sie traf, wusste ich nicht, wie Menschen sind. Seitdem ich Sie kenne, kann ich Sie nicht der Hexe ausliefern. Doch wir müssen sofort weg. Wenn Sie nur erst an der Laterne wären. Ich hoffe, von da aus werden Sie den Weg nach Wandschrank leicht finden.«

»Bestimmt finde ich ihn.«

»Wir müssen so rasch wie möglich fort«, drängte er. »Der ganze Wald wimmelt von Spionen. Sogar einige Bäume stehn auf ihrer Seite.«

Sie ließen das Teegeschirr auf dem Tisch. Herr Tumnus spannte seinen Regenschirm auf und reichte Lucy den Arm. Sie liefen hinaus in den Schnee; ach, wie anders war der Rückweg nun. Ohne ein Wort zu sprechen stolperten sie so schnell wie möglich vorwärts. Herr Tumnus wählte die dunkelsten Pfade.

Lucy war erleichtert, als sie die Laterne erreicht hatten.

»Finden Sie von hier aus Ihren Weg?«, fragte er.

Lucy spähte durch die Bäume. In einiger Entfernung konnte sie gerade noch einen Schimmer erkennen, der wie Tageslicht aussah.

»Ja!«, rief sie. »Ich sehe die Schranktür.«

»Dann sputen Sie sich, so rasch Sie nur können. Und werden Sie mir jemals vergeben ... für das, was ich Ihnen antun wollte?«

»Natürlich vergebe ich Ihnen.« Lucy schüttelte ihm herzlich die Hand. »Ich hoffe nur, Sie kommen meinetwegen nicht in schreckliche Unannehmlichkeiten.«

»Leben Sie wohl«, sagte er, »darf ich das Taschentuch behalten?«

»Aber gewiss doch«, rief Lucy, und so schnell es nur ging und ihre kleinen Beine sie trugen, rannte sie auf das Tageslicht zu; bald darauf streiften sie keine rauen Zweige mehr, bloß Mäntel, und unter ihren Füßen spürte sie keinen Schnee, sondern Holzboden, und schon sprang sie mit einem Satz aus dem Wandschrank und stand in dem leeren Zimmer, wo das ganze Abenteuer begonnen hatte. Sie schlug die Schranktür fest hinter sich zu, schnappte nach Luft und schaute sich um.

Es regnete noch und sie hörte die Stimmen der andern draußen im Gang.

»Da bin ich wieder, da bin ich wieder!«, schrie sie.

Edmund und der Wandschrank

Lucy rannte aus dem leeren Zimmer in den Flur hinaus und traf dort die drei anderen.

»Ich bin zurück!«, rief sie. »Ich bin zurück!«

»Wovon redest du eigentlich, Lucy?«, fragte Suse.

»Ja, habt ihr euch denn nicht gewundert, wo ich so lange geblieben bin?«, fragte sie erstaunt.

»Du hattest dich versteckt«, meinte Peter. »Arme alte Lu, versteckt sich und wir bemerken es gar nicht. Wenn du willst, dass wir dich vermissen, musst du dich schon länger verstecken.«

»Aber ich bin ja viele Stunden lang fort gewesen«, versicherte Lucy.

Die andern starrten sie an.

Edmund tippte an seine Stirn. »Übergeschnappt, völlig übergeschnappt«, brummte er.

»Was meinst du eigentlich damit, Lu?«, fragte Peter.

»Genau, was ich sagte. Ich ging gleich nach dem Frühstück in den Wandschrank und blieb viele Stunden lang fort, hab Tee getrunken und es hat sich sehr viel ereignet.«

»Sei doch nicht so albern, Lucy«, schimpfte Suse. »Wir sind eben erst aus dem Zimmer heraus und da warst du noch mit uns zusammen.«

»Sie ist gar nicht so albern«, sagte Peter. »Sie erfindet bloß eine Geschichte um sich wichtig zu machen. Nicht wahr, Lucy? Und warum auch nicht?«

»Nein, nein, Peter, nein! Es ist ein Zauberschrank. Im Innern ist ein Wald. Da schneit es und ein Faun und eine Hexe sind dort. Das Land heißt Narnia. Komm mit und überzeuge dich davon.«

Die andern wussten nicht, was sie sagen sollten. Lucy war furchtbar aufgeregt und so folgten sie ihr in das Zimmer. Sie lief voraus und riss die Schranktür auf. »Da, geht hinein!«, schrie sie. »Schaut selbst nach.«

»Aber, du Dummerchen«, spottete Suse, steckte ihren Kopf in den Schrank und zog die Pelzmäntel beiseite. »Es ist doch nur ein ganz gewöhnlicher Schrank. Dahinten ist die Wand.«

Einer nach dem andern schaute hinein und schob die Mäntel zur Seite. Lucy sah es nun auch. Sie fand keinen Wald und keinen Schnee, nur die Rückwand mit Kleiderhaken daran. Peter stieg hinein und polterte sogar mit den Fäusten an die Wand.

»Ein guter Spaß, Lucy«, sagte er lachend, als er wieder herauskam. »Du hast uns schön an der Nase herumgeführt, alle Achtung. Fast hätten wir dir geglaubt.«

»Aber es war doch gar kein Spaß«, versicherte Lucy. »Noch gerade eben war alles ganz anders. Ehrenwort!«

»Komm, Lu«, beruhigte sie Peter. »Das geht doch ein bisschen zu weit. Du hast deinen Spaß mit uns gehabt, und nun mach Schluss damit.«

Sie wurde über und über rot, versuchte etwas zu sagen, konnte aber kein Wort herausbringen und brach in Tränen aus.

Einige Tage lang fühlte sie sich sehr unglücklich. Sie wäre mit den andern ganz gut ausgekommen, wenn sie selbst überzeugt gewesen wäre, dass sie alles nur zum Scherz erfunden hatte. Aber Lucy war überaus wahrheitsliebend und wusste genau, dass sie die Wahrheit gesagt hatte. Nun machte es sie sehr unglücklich, dass die andern glaubten, sie hätte ihnen etwas vorgelogen, und noch dazu albernes Zeug.

Die zwei Ältesten dachten sich nicht viel dabei, doch Edmund konnte boshaft werden, und jetzt wurde er boshaft. Er verspottete und verhöhnte Lucy und fragte sie unablässig, ob sie in andern Schränken des Hauses neue Länder entdeckt hätte. Dabei waren die Tage so herrlich. Das war das Schlimmste von allem. Das Wetter war prachtvoll und sie waren von früh bis spät im Freien, badeten, fischten, kletterten in den Bäumen und lagen in der Wiese. Lucy jedoch hatte an nichts Freude, und das dauerte bis zum nächsten Regen.

Als an diesem Tag bis gegen Abend keine Aussicht auf besseres Wetter war, beschlossen die Kinder »Verstecken« zu spielen. Suse sollte suchen, und sowie die andern verschwunden waren, huschte Lucy in das leere Zimmer. Sie wollte sich nicht im Wandschrank verstecken, dann würden die andern sie nur aufs Neue mit der vertrackten Geschichte aufziehen. Sie wollte nur noch einmal hineinschauen, denn allmählich fragte sie sich selbst, ob Narnia und der Faun nicht doch bloß ein Traum gewesen seien. Das Haus war so weitläufig, so unübersichtlich und voll herrlicher Winkel, dass ihr noch genügend Zeit blieb, sich dann anderswo zu verbergen. Aber kaum war sie in dem leeren Zimmer, hörte sie auf dem Gang draußen Schritte und so blieb ihr nichts anderes übrig, als mit einem Satz in den Wandschrank zu springen und die Tür hinter sich festzuhalten. Nun, die Schritte, die sich näherten, waren Edmunds Schritte. Er trat ins Zimmer und sah eben noch Lucy in den Wandschrank huschen. Er beschloss sofort ihr nachzukriechen, nicht etwa weil das ein besonders gutes Versteck war, sondern weil er sie wieder mit dem Land ihrer Einbildung hänseln wollte. Er öffnete die Tür. Die Mäntel hingen wie gewöhnlich dort in einem Geruch von Mottenzeug, in Finsternis und Stille. Kein Lebenszeichen von Lucy. Sie glaubt, ich bin Suse und hinter ihr her, sagte sich Edmund, deshalb verhält sie sich so mucksmäuschenstill. Er sprang in den Wandschrank und warf die Tür zu. Er überlegte nicht, wie töricht das ist. Dann tastete er in der Dunkelheit nach Lucy. Er hatte geglaubt sie in wenigen Momenten zu erwischen und war höchst erstaunt, dass er sie nirgends fand. Um Licht hereinzulassen versuchte er die Tür wieder zu öffnen, aber da war keine Tür. Das gefiel ihm gar nicht und er begann nach allen Seiten wild um sich zu schlagen. Dann brüllte er sogar los:

»Lucy, Lu, wo bist du? Ich weiß, du steckst hier drin.«

Keine Antwort. Seine Stimme hatte einen merkwürdigen Klang, gar nicht wie in einem verschlossenen Schrank, sondern wie in der freien Luft draußen, zudem war es auffallend kalt, und plötzlich wurde es hell.

»Gott sei Dank«, sagte er. »Die Tür hat sich von selbst geöffnet.« Er vergaß Lucy und ging, als sei es die offene Tür, auf das Licht zu, aber statt in das unbewohnte Zimmer zu kommen, war er plötzlich mitten im Wald zwischen dichten, dunklen Tannen. Unter seinen Füßen knirschte trockener Schnee und auf den Baumzweigen lag er weiß und schwer. Über ihm war ein blassblauer Winterhimmel. Zwischen den Baumstämmen stieg soeben die Sonne auf, rot und klar. Es war so still, dass er glaubte er sei das einzige lebende Wesen in dieser Gegend. In den Bäumen gab es weder ein Rotkehlchen noch ein Eichhörnchen. Der Wald erstreckte sich nach allen Seiten, so weit die Blicke reichten. Er fröstelte und nun erinnerte er sich: Hatte er nicht Lucy gesucht? Und sie schlecht behandelt? Jetzt sah er: Das Land ihrer Einbildung war keine Einbildung. Irgendwo in der Nähe musste sie sein, er rief:

»Lu! Ich bin hier, Edmund!«

Keine Antwort.

»Sie trotzt, weil ich sie geneckt habe.« Obwohl es ihm auch jetzt noch nicht gefiel, einzugestehen, dass er Unrecht gehabt hatte, war es ihm doch noch weniger lieb, so ganz allein in dieser seltsamen, kalten stillen Landschaft zu sein, und so schrie er abermals:

»Lu, es tut mir Leid, dass ich dir nicht geglaubt habe. Jetzt sehe ich, du hattest Recht. Komm doch, wir wollen uns wieder vertragen.«

Noch immer keine Antwort.

»Typisch Mädchen«, grollte Edmund. »Albern, wie sie nun einmal sind. Erst schmollen sie und dann nehmen sie keine Entschuldigung an.« Er schaute sich wieder um. Immer weniger gefiel es ihm hier. Er beschloss heimzugehen. Da hörte er von fern aus dem Walde Schellengeläut. Er lauschte. Der Ton kam näher und schließlich sah er einen niedrigen Schlitten mit zwei Rentieren.

Die Rentiere glichen Ponys und ihr Fell war so blendend weiß, dass sogar der Schnee daneben nicht mehr so weiß leuchtete. Ihre verzweigten Hörner waren vergoldet und blitzten in der Sonne wie Feuer. Ihr Zaumzeug aus scharlachrotem Leder war mit Glöckchen behängt. Im Schlitten saß ein dicker Zwerg, der die Rentiere kutschierte. Wenn er sich aufgerichtet hätte, wäre er sicherlich nur drei Fuß hoch gewesen. Er war in einen weißen Bärenpelz gehüllt. Auf dem Kopf trug er eine rote Mütze, an der eine lange goldene Quaste hing. Ein riesiger Bart bedeckte seine Knie wie eine

Decke. Hinter ihm, in der Mitte des Schlittens, saß auf einem erhöhten Sitz eine andere Gestalt, eine vornehme Dame. Sie war größer als alle Frauen, die Edmund bisher gesehen hatte. Ebenso wie der Zwerg war auch sie bis zum Hals in weißen Pelz gehüllt und in ihrer rechten Hand hielt sie einen langen, geraden goldenen Stab. Auf dem Kopf trug sie eine goldene Krone. Ihr Gesicht war weiß, viel weißer als Schnee, im Gegensatz zu ihrem roten Mund. Ihr Gesicht war schön, jedoch stolz, kalt und streng. Es war ein herrlicher Anblick, wie der Schlitten mit seinem Geläut auf Edmund zuglitt. Der Zwerg knallte mit der Peitsche und zu beiden Seiten sprühte der Schnee.

»Halt an!«, rief die Dame. Der Zwerg bremste so jäh, dass die Rentiere fast zu Boden stürzten. Dann richteten sie sich auf, knirschten mit den Zähnen und schnaubten. Aus ihren Nüstern dampfte der Atem wie Rauch in der frostklaren Luft.

»Und wer bist du, wenn ich fragen darf?« Die Dame sah Edmund scharf an.

»Ich bin ... ich bin ... ich heiße Edmund«, stammelte er sehr verlegen. Ihr Blick missfiel ihm.

Die Dame runzelte die Stirn. »Redet man so zu einer Königin?« Sie sah ihn noch strenger an als zuvor.

»Majestät, ich bitte um Entschuldigung. Ich wusste nicht, dass Sie eine Königin sind.«

»Du kennst die Königin von Narnia nicht?«, rief sie. »Ha! Du sollst mich noch kennen lernen! Wer bist du?«

»Verzeihung, Majestät. Ich weiß nicht, was Sie meinen. Ich war vor einigen Tagen noch auf der Schule ... Jetzt ... haben wir ... Ferien.«

Türkischer Honig

»Aber was um alles in der Welt bist du?«, fragte die Königin wieder, »bist du ein übergroßer Zwerg, der sich den Bart abgeschnitten hat?«

»Nein, Majestät«, sagte Edmund. »Ich hatte nie einen Bart. Ich bin ein Junge.«

»Ein Junge!«, rief sie. »Heißt das, dass du ein Adamssohn bist?«

Edmund stand regungslos und antwortete nicht. Er war noch zu verwirrt und verstand die Frage nicht.

»Ich sehe, du bist ein Idiot, was du auch sonst sein magst«, meinte die Königin. »Ich verliere meine Geduld! Antworte mir endlich. Bist du ein Mensch?«

»Ja, Majestät.«

»Und willst du mir sagen, wie du in mein Reich kamst?«

»Bitte sehr, Eure Majestät, durch einen Wandschrank.«

»Durch einen Wandschrank? Was meinst du damit?«

»Ich habe eine Tür geöffnet und auf einmal war ich hier, Eure Majestät«, antwortete Edmund.

»Ha«, sprach die Königin mehr zu sich selbst. »Eine Tür, eine Tür aus der Menschenwelt. Davon hatte ich schon gehört. Das kann zum Verderben führen. Aber es ist nur einer allein, mit dem werde ich leicht fertig!« Nach diesen Worten richtete sie sich auf und schaute Edmund voll ins Gesicht. Ihre Augen blitzten und im gleichen Augenblick schwang sie ihren Stab. Edmund spürte, dass sie im Begriff war, etwas Schreckliches zu tun, aber er war unfähig, sich von der Stelle zu rühren. Da – als er sich bereits verloren glaubte, änderte sie anscheinend ihren Entschluss. Mit einer ganz andern Stimme sagte sie: »Das arme Kind, wie verfroren es aussieht. Komm her, setz dich zu mir in den Schlitten. Ich werde meinen Mantel über dir ausbreiten und wir wollen plaudern.«

Edmund gefiel das gar nicht, aber er wagte nicht ungehorsam zu sein. Er stieg also in den Schlitten und setzte sich zu ihren Füßen. Sie umhüllte ihn mit einer Falte ihres Pelzmantels und packte ihn hübsch warm ein.

»Vielleicht möchtest du etwas Heißes trinken?«

»O ja, bitte, Eure Majestät«, stammelte Edmund, denn seine Zähne klapperten. Da zog die Königin aus ihrem Gewand ein Fläschchen hervor, das blinkte wie Kupfer. Dann streckte sie den Arm aus und ließ einen Tropfen neben den Schlitten in den Schnee fallen. Edmund sah den Tropfen eine Sekunde lang wie einen Diamanten in der Luft glitzern. Als er den Schnee berührte, gab es einen zischenden Laut, und ein dampfender Becher mit Juwelen geschmückt stand im Schnee. Der Zwerg hob ihn sogleich auf und überreichte ihn Edmund mit einer Verbeugung und einem Lächeln. Es war kein sehr schönes Lächeln.

Als Edmund den heißen Trank schlürfte, wurde ihm schon viel wohler. Nie zuvor hatte er etwas derart Köstliches genossen. Es war sehr süß und sahnig, perlte und wärmte ihn bis zu den Zehen hinunter.

»Es ist nicht gut, zu trinken, ohne zu essen, Adamssohn«, sagte die Königin gleich darauf. »Was möchte du am liebsten essen?«

»Türkischen Honig, bitte, Eure Majestät«, erwiderte Edmund.

Die Königin ließ einen andern Tropfen aus ihrer Flasche in den Schnee fallen und sogleich erschien dort eine runde Schachtel, die mit einer grünseidenen Schleife gebunden war. Darin war bester türkischer Honig, gleich mehrere Pfund, und jedes Stückchen war bis zuletzt zart und süß. Edmund hatte nie so etwas Leckeres geschmaust. Jetzt war ihm vollständig warm und er fühlte sich sehr behaglich.

Während er aß, fragte ihn die Königin aus. Zuerst gab sich Edmund Mühe, nicht mit vollem Mund zu reden. Er erinnerte sich noch daran, wie ungezogen das ist, aber bald vergaß er es und dachte an nichts anderes, als so viel türkischen Honig wie nur möglich in sich hineinzustopfen; doch je mehr er aß, umso gieriger verlangte er danach. Es kam ihm gar nicht in den Sinn, zu überlegen, warum die Königin so neugierig war. Er musste ihr erzählen, dass er noch einen Bruder und zwei Schwestern hatte, dass eine Schwester bereits in Narnia gewesen und hier einem Faun begegnet sei und dass kein anderer außer ihm selbst, seinem Bruder und seinen Schwestern das Geringste von Narnia wisse. Sie wollte gar nicht glauben, dass sie ihrer vier waren. Sie kam immer wieder darauf zurück.

»Seid ihr bestimmt vier?«, fragte sie. »Ganz bestimmt vier? Zwei Adamssöhne und zwei Evastöchter? Ausgerechnet vier? Nicht mehr oder weniger?«

Den Mund voll von türkischem Honig wiederholte er: »Aber ja doch, ich erzählte es Ihnen bereits.« Und er vergaß sogar sie mit »Eure Majestät« anzureden. Doch jetzt schien sie das gar nicht zu stören. Zuletzt war der türkische Honig aufgegessen und Edmund sah enttäuscht in die leere Schachtel. Er hoffte, sie würde ihm noch mehr davon anbieten. Die Königin wusste natürlich genau, was er dachte; aber er ahnte nicht, dass es verzauberter türkischer Honig war und dass jeder, der einmal davon gekostet hatte, mehr und immer mehr haben wollte, ja, so lange immer wieder danach begehrte, bis er starb. Doch sie bot ihm nichts mehr an, sondern sagte:

»Adamssohn, ich würde so gern deinen Bruder und deine zwei Schwestern sehn. Bring sie mir, damit ich sie kennen lerne.«

»Ich werde es versuchen«, meinte Edmund. Er guckte noch immer in die leere Schachtel.

»Wenn du wiederkommst und sie mitbringst, kannst du so viel türkischen Honig haben, wie du willst. Aber jetzt nicht mehr. Der Zauber wirkt nur ein Mal. In meinem eigenen Haus ist es natürlich anders.«

»Warum gehen wir nicht schon jetzt zu Ihnen?«, fragte Edmund.

Als er vorhin in den Schlitten gestiegen war, fürchtete er, sie werde mit ihm irgendwohin fahren, von wo aus er nicht mehr nach Hause finde. Doch jetzt hatte er alle Furcht verloren.

»Mein Haus ist herrlich«, erzählte die Königin. »Es wird dir sicher dort sehr gut gefallen. Da gibt es ganze Zimmer voll von türkischem Honig und viel anderes mehr. Aber, was wichtiger ist, ich habe keine eigenen Kinder, ich wünschte mir schon lange einen netten Jungen, aus dem ich einen Prinzen machen könnte. Nach meinem Tod würde er König von Narnia werden. Sobald er Prinz ist, wird er eine goldene Krone tragen und dann kann er jeden Tag so lange türkischen Honig essen, wie er mag. Du bist der gescheiteste und hübscheste Junge, dem ich jemals begegnet bin. Ich glaube, ich werde dich eines Tages zum Prinzen erklären ... an dem Tag, an dem du mit den andern zu mir kommst.«

»Warum nicht schon jetzt?«, fragte Edmund. Sein Gesicht war rot geworden und mit seinem klebrigen Mund und seinen klebrigen Fingern sah er gar nicht mehr hübsch aus, was auch die Königin sagen mochte.

»Nein, wenn ich dich jetzt mit mir nähme, würde ich deine Schwestern und deinen Bruder nicht zu Gesicht bekommen. Zu gern möchte ich die Bekanntschaft deiner lieben Verwandtschaft machen. Kein Zweifel, du wirst Prinz und später König. Aber du brauchst einen Hofstaat um dich und so will ich deinen Bruder zum Herzog ernennen und deine Schwestern zu Herzoginnen.«

»Ach, mit denen ist nicht viel los«, sagte Edmund, »die kann ich auch später noch bringen.«

»Nein, wenn du erst einmal in meinem Haus bist«, erklärte die Königin, »könntest du alles vergessen. Du hättest so viel Vergnügungen, dass du kein Verlangen mehr hättest, sie herbeizuholen. Nein, du musst jetzt in dein eigenes Land zurück und eines Tages mit ihnen wiederkommen. Verstehst du das nicht? Es würde dir schlecht bekommen, wenn du dich ohne sie hier sehn ließest.«

»Aber ich weiß ja gar nicht mehr den Weg in mein eigenes Land.«

»Das ist keine Schwierigkeit«, sagte die Königin. »Siehst du die Laterne dort? Sie zeigte mit ihrem Stab. Edmund wandte sich um und erblickte die Straßenlaterne, unter der Lucy dem Faun begegnet war. »Dahinter führt der Weg geradeaus in die Menschenwelt. Nun sieh dir einen andern Weg an.« Dabei drehte sie sich nach der entgegengesetzten Richtung. »Kannst du die beiden Hügel hinter den Bäumen erkennen?«

»Ich glaube, ja.«

»Nun, zwischen diesen Hügeln liegt mein Palast. Wenn du das nächste Mal kommst, musst du die Straßenlaterne suchen, die Blicke auf jene zwei Hügel richten und den Wald durchschreiten, bis du mein Haus erreichst. Aber vergiss nicht die andern mitzubringen. Kommst du ohne sie, dann wird es dir sehr übel ergehn.«

»Ich werde tun, was ich kann«, versprach Edmund.

»Im Übrigen erwähne mich nicht. Wäre es nicht hübsch, es bliebe zwischen uns geheim? Was meinst du dazu? Überrasche deine Geschwister damit! Bringe sie gerade nur bis zu den Hügeln. Ein gescheiter Junge wie du wird das schon zustande bringen und eine Ausrede finden. Sobald du an meinem Haus bist, sag bloß ›Lasst uns einmal hineinschaun und nachsehn, wer da wohnt‹ oder so etwas Ähnliches. Ich glaube, so geht es am besten. Da deine Schwester einen Faun kennen gelernt hat, wird sie allerhand hässliche Geschichten über mich gehört haben und sich fürchten zu mir zu kommen. Was schwatzen Faune nicht alles zusammen, das kannst du dir denken. Und jetzt ...«

»Ach, bitte, bitte«, rief Edmund, nachdem er aus dem Schlitten gestiegen war, »bitte, kann ich noch ein bisschen türkischen Honig für den Heimweg haben?«

»Nein, nein«, sagte die Königin lachend. »Da musst du schon bis zum nächsten Mal warten.« Noch während sie sprach, gab sie dem Zwerg ein Zeichen, loszufahren, aber als der Schlitten davonglitt, winkte die Königin und rief: »Das nächste Mal, das nächste Mal! Vergiss nicht und komme bald!«

Edmund starrte dem Schlitten nach, da hörte er seinen Namen rufen, er schaute sich um und sah Lucy von einer andern Seite des Waldes auf sich zukommen.

»O Edmund«, rief sie, »du hast also auch den Weg hierher gefunden. Ist es nicht wunderbar? Und nun ...«

»Schon gut«, unterbrach sie Edmund. »Ich gebe alles zu, du hattest Recht. Es ist ein Zauberschrank. Ich werde mich entschuldigen, wenn dir daran liegt. Doch wo hast du so lange gesteckt? Überall habe ich dich gesucht.«

»Hätte ich gewusst, dass du auch hierher kommst, hätte ich auf dich gewartet«, entschuldigte sich Lucy. Wie überaus glücklich war sie, wie aufgeregt; sie bemerkte gar nicht, wie schnippisch Edmund redete, wie erhitzt sein Gesicht aussah und wie seltsam.

»Ich habe mit dem lieben Herrn Tumnus, dem Faun, gefrühstückt. Er ist wohlauf. Die Weiße Hexe hat ihm nichts zuleide getan. Sie hat wahrscheinlich gar nicht erfahren, dass er mich gehn ließ, und nun wird wohl alles gut werden.«

»Die Weiße Hexe?«, fragte Edmund. »Wer ist das?«

»Eine schreckliche Person«, sagte Lucy. »Sie nennt sich Königin von Narnia, hat aber kein Recht dazu. Sie ist gar keine Königin. Alle Faune, Wald- und Brunnennymphen, die Zwerge und die Tiere, alle Guten im Land hassen sie. Sie kann alles in Stein verwandeln und ihnen schreckliche Dinge antun. Durch ihre Zauberei ist in Narnia immerzu Winter, immerzu Winter und niemals Weihnachten! Sie fährt in einem Schlitten umher, den Rentiere ziehn. Sie hat einen Zauberstab in der Hand und eine Krone auf dem Kopf.«

Edmund fühlte sich schon unbehaglich genug, da er zu viel Süßes gegessen hatte, und als er nun hörte, dass die Dame, mit der er sich angefreundet hatte, eine gefährliche Hexe sei, wurde ihm noch unbehaglicher zumute. Doch dachte er noch an den türkischen Honig und begehrte nichts so sehr, als ihn wieder zu schlecken.

»Wer erzählte dir denn solchen Unsinn über die Weiße Hexe?«, fragte er.

»Der Faun, der Herr Tumnus.«

»Man kann nicht alles glauben, was solche Faune reden.«

»Warum denn nicht?«

»Das weiß doch jeder. Frag, wen du willst. Aber es ist ein zweifelhaftes Vergnügen, hier im Schnee herumzulungern. Lass uns nach Hause gehn.«

»Ja, nach Hause«, stimmte ihm Lucy zu. »Ach, Edmund, ich bin so glücklich, dass du gekommen bist. Nun müssen auch die andern an Narnia glauben. Jetzt sind schon zwei von uns hier gewesen. Was wird das für einen Spaß geben!«

Doch Edmund dachte im Stillen, dass es für ihn gar kein solcher Spaß sei; jetzt musste er vor den andern zugeben, dass Lucy im Recht gewesen war. Er war überzeugt, die andern würden alle ganz auf Seiten des Fauns und der Tiere stehen. Er aber war schon fast ganz auf Seiten der Zauberin. Wie sollte er das Geheimnis bewahren, wenn die andern über Narnia sprachen?

Inzwischen waren sie ein großes Stück gelaufen und plötzlich spürten sie Mäntel um sich statt der Zweige, und im nächsten Augenblick standen sie beide außerhalb des Wandschranks im leeren Zimmer. Edmund hatte zwar törichterweise die Schranktür ins Schloss geworfen, doch die andern hatten nach den beiden im Wandschrank gesucht und nicht gut zugemacht.

»Edmund«, rief Lucy, »wie siehst du aus? Ist dir schlecht?«

»Mir fehlt nichts«, brummte Edmund. Aber das war nicht wahr. Er fühlte sich recht elend.

»Komm«, bat Lucy. »Wir wollen die andern suchen. Was haben wir ihnen alles zu erzählen und welch wunderbare Abenteuer erwarten uns, wenn wir erst einmal alle miteinander dort sind!«

Zurück aus Narnia

Die andern spielten noch immer Verstecken, so brauchten Lucy und Edmund einige Zeit, um sie zu finden, und als sie endlich alle beisammen waren – in dem Saal mit den Rüstungen –, sprudelte Lucy los.

»Peter, Suse, es ist alles wahr. Edmund hat es nun auch gesehn. Man kommt wirklich durch den Wandschrank in ein anderes Land. Wir beide trafen uns dort im Wald. Los, Edmund, erzähl es ihnen.«

»Was soll das heißen, Ed?«, fragte Peter.

Und jetzt sind wir an der unangenehmsten Stelle unserer Geschichte. Bis zu diesem Augenblick hatte sich Edmund verdrießlich, elend und verärgert gefühlt, weil Lucy Recht gehabt hatte; nun wusste er sich nicht mehr zu helfen, weil Peter ihn so plötzlich fragte, und so entschloss er sich zum denkbar Hässlichsten und Gemeinsten, nämlich Lucy im Stich zu lassen.

»So erzähl doch schon, Ed«, drängte Suse.

Edmund tat sehr überlegen, als sei er der viel Ältere – dabei war bloß ein Jahr Unterschied zwischen Lucy und ihm –, dann sagte er von oben herab: »Nun ja, Lucy und ich spielten zusammen. Wir taten so, als gäbe es wirklich ein Land im Wandschrank. Nur so zum Spaß. Es ist natürlich nichts da.«

Die arme Lucy warf ihm einen Blick zu und rannte aus dem Zimmer. Edmund, der jeden Augenblick unausstehlicher wurde, bildete sich ein, großen Erfolg zu haben, und fügte noch hinzu: »Da läuft sie wieder weg. Was hat sie denn nur? Man hat seine liebe Not mit so kleinen Gören, weil sie immer ...«

»Hör einmal«, rief Peter wütend, »mach jetzt Schluss damit! Du hast dich geradezu ekelhaft gegen Lucy benommen, schon von dem Augenblick an, wo sie den Unsinn mit dem Schrank aufbrachte. Nun spielst du auch noch so dummes Zeug mit ihr und setzt ihr den Blödsinn aufs Neue in den Kopf. Ich glaube, du tust es aus lauter Bosheit.«

»Aber es ist ja doch alles Unsinn«, sagte Edmund bestürzt.

»Selbstverständlich ist es Unsinn«, bestätigte Peter. »Das ist es eben. Als wir von daheim abreisten, war Lucy völlig in Ordnung, aber seitdem wir hier sind, scheint sie entweder übergeschnappt zu sein, und es geht alles in ihrem Kopf durcheinander, oder sie hat sich in eine Lügnerin verwandelt. Nun, wie dem auch sei, was versprichst du dir davon: An einem Tag verhöhnst du sie und am nächsten ermutigst du sie noch.«

»Ich dachte, ich dachte ...«, stammelte Edmund.

»Du hast dir überhaupt nichts gedacht«, schimpfte Peter. »Es ist lediglich Gemeinheit. Du benimmst dich gegen Jüngere immer ekelhaft. Das kennen wir von der Schule her.«

»Hört bitte auf«, bat Suse. »Streit zwischen uns macht die Sache nicht besser. Wir wollen uns um Lucy kümmern.«

Sie waren nicht überrascht, als sie bald darauf Lucy in Tränen aufgelöst fanden. Was sie auch sagten, sie hielt an ihrer Geschichte fest und erklärte:

»Mir ist es ganz gleich, was ihr denkt, und mir ist es auch gleich, was ihr sagt. Ihr könnt es dem Professor erzählen oder an Mutter nach Hause schreiben. Ihr könnt machen, was ihr wollt. Ich weiß, ich bin einem Faun begegnet, ach, ich wünschte, ich wäre in jenem Land geblieben! Ihr seid alle Ekel, Ekel seid ihr!«

Es war ein unerfreulicher Abend. Lucy war unglücklich, und Edmund sah ein, dass es mit seinem Plan nicht so ging, wie er erwartet hatte. Die zwei älteren Geschwister glaubten tatsächlich, Lucy sei nicht mehr richtig im Kopf. Sie standen im Flur und sprachen darüber, und noch lange nachdem Lucy zu Bett gegangen war, flüsterten und tuschelten sie miteinander.

Am nächsten Morgen beschlossen sie dem Professor die ganze Geschichte zu erzählen. »Wenn er glaubt, dass mit Lucy irgendetwas nicht stimmt, wird er an Vater schreiben«, meinte Peter, »denn was verstehn wir schon davon!« Sie begaben sich also vor das Studierzimmer und klopften an die Tür.

Der Professor rief: »Herein«, erhob sich, holte Stühle für sie und sagte, er stünde ganz zu ihrer Verfügung. Dann setzte er sich, legte die Fingerspitzen aneinander, hörte ihnen zu und unterbrach sie nicht ein einziges Mal, bis sie die ganze Geschichte erzählt hatten. Danach schwieg er lange, räusperte sich und fragte endlich genau das, was sie am wenigsten erwartet hatten:

»Warum soll die Geschichte eurer Schwester nicht wahr sein?«

»Ja, aber ...« Suse stockte. Das Gesicht des alten Mannes war tiefernst. Sie nahm sich zusammen und dann sagte sie: »Edmund erklärte doch, sie hätten nur so getan.«

»Eben darauf kommt es an. Das muss sorgfältig überlegt werden. Erlaubt mir die Frage: Wem glaubt ihr mehr, eurem Bruder oder eurer Schwester? Wer von beiden hält sich genauer an die Wahrheit?«

»Ach, Herr Professor«, antwortete Peter, »das ist gerade das Komische dabei. Bis jetzt hätte ich immer gesagt: Lucy.«

»Und du, mein liebes Kind, was meinst du?«, fragte der Professor und wandte sich an Suse.

»Ach! Eigentlich dasselbe wie Peter, aber das kann ja gar nicht wahr sein. Es gibt doch keinen Wald im Kleiderschrank und keinen Faun darin.«

»So, so«, meinte der Professor. »Da weißt du ja mehr als ich. Und einen Menschen der Lüge zu bezichtigen, der bisher immer die Wahrheit gesagt hat, ist eine sehr ernste Sache.«

»Darum befürchten wir auch, dass es keine Lügen sind«, gestand Suse, »vielleicht ist Lucy übergeschnappt.«

»Verrückt geworden?«, fragte der Professor gelassen. »Macht euch keine Sorgen, man braucht Lucy nur anzusehn oder mit ihr zu sprechen und merkt sofort, dass sie es nicht ist.«

»Aber dann ...«, rief Suse und stockte. Sie hatte sich nicht träumen lassen, dass ein Erwachsener so reden könnte, wie es der Professor jetzt tat, und wusste nun überhaupt nicht mehr, was sie denken sollte.

»Logik«, murmelte der Professor, so halb zu sich selbst. »Warum lernen sie auf der Schule keine Logik? Es gibt nur drei Möglichkeiten: entweder lügt eure Schwester oder sie ist verrückt oder sie berichtet die Wahrheit. Ihr wisst, sie lügt nie, sie ist offensichtlich auch nicht verrückt, also: Ehe es sich nicht anders erweist, müssen wir annehmen, dass sie die Wahrheit sagt.«

Suse blickte ihn aufmerksam an. Sie konnte ganz deutlich sehen, dass er sie nicht zum Narren hielt.

»Aber, Herr Professor«, rief Peter, »das kann doch nicht wahr sein!«

»Und warum nicht?«, fragte der Professor.

»Aus einem ganz einfachen Grund«, erklärte Peter. »Wenn es die Wahrheit wäre, warum findet dann nicht jeder dieses Land im Wandschrank? Als ich hineinschaute, war nichts drin, selbst Lucy konnte es nicht mehr finden.«

»Was bedeutet das schon?«, fragte der Professor.

»Nun, Herr Professor, was da ist, ist da und bleibt auch für immer da.«

»Stimmt das?«, wollte der Professor wissen. »Für immer?«

Peter schwieg, denn er wusste nicht, was er darauf antworten sollte.

»Und außerdem«, rief Suse, »hatte sie gar keine Zeit! Lucy konnte nicht irgendwohin gehen, selbst wenn ein solches Land da gewesen wäre. Wir waren kaum aus dem Zimmer, da kam sie schon hinter uns hergerannt, keine Minute war vergangen, aber sie behauptete, viele Stunden lang fort gewesen zu sein.«

»Das macht die Geschichte gerade so glaubwürdig«, sagte der Professor. »Falls es nämlich in diesem Haus eine Tür gibt, die in eine andere Welt führt, und ich möchte auch darauf aufmerksam machen, dass es ein ganz ungewöhnliches Haus ist – sogar ich weiß nur wenig davon –, also nehmen wir einmal an, Lucy sei durch diese Tür gegangen, dann würde es mich gar nicht überraschen, wenn die andere Welt auch eine andere Zeit hätte, ihre eigene Zeit. Man kann so lange dort bleiben, wie man will, niemals wird es unsere Zeit sein. Jedenfalls glaube ich nicht, dass Mädchen ihres Alters derartige Dinge erfinden. Selbst wenn sie es sich nur ausgedacht hätte, würde sie sich hüten, es zu erzählen.«

»Ja aber glauben Sie denn wirklich, Herr Professor«, fragte Peter, »andere Welten sind überall zu finden und einfach nur so um die Ecke herum?«

»Nichts ist wahrscheinlicher«, antwortete der Professor. Er nahm seine Brille von der Nase und putzte sie sorgfältig. Dabei murmelte er: »Ich frage mich wirklich, was sie ihnen eigentlich auf den Schulen beibringen.«

»Aber was soll denn nun geschehn?«, klagte Suse. Sie merkte, dass sie vom Thema abkamen.

»Mein liebes kleines Fräulein«, sagte der Professor und sah die beiden sehr eindringlich an, »es gibt etwas, woran niemand bisher gedacht hat und das einen Versuch lohnte.«

»Was denn?«, fragte Suse.

»Jeder kümmere sich nur um seine eigenen Angelegenheiten.« Damit war die Unterredung beendet.

Es wurde wirklich ein wenig besser für Lucy. Peter sorgte dafür, dass Edmund nicht länger seinen Spott mit ihr trieb, und alle, sogar Lucy, vermieden es, den Wandschrank zu erwähnen. Er war unheimlich geworden. Eine Weile sah es so aus, als hätten die Abenteuer ein Ende genommen. Das war aber nicht der Fall.

Das Haus des Professors, das er selbst nicht zur Genüge kannte, war so alt und berühmt, dass aus ganz England Leute herbeikamen um es zu besichtigen. Es war in Reiseführern, ja sogar in Geschichtsbüchern beschrieben und man hörte allerhand Gerüchte und sonderbare Geschichten im ganzen Land, noch sonderbarer als die Geschichte, die ich hier erzähle. Wenn solche Besucher kamen und um Erlaubnis baten, das Haus zu besichtigen, dann erteilte der Professor sie ihnen, und Frau Macready, die Wirtschafterin, übernahm die Führung. Sie erklärte ihnen die Gemälde, die Waffen und die seltenen Werke in der Bibliothek. Frau Macready mochte Kinder nicht besonders und sie wollte nicht gestört werden, wenn sie vor den Fremden ihr Wissen ausbreitete. Bereits am ersten Morgen hatte sie darum zu den Kindern unter andern Ermahnungen gesagt: »Und lasst euch ja nicht blicken, wenn ich Fremde durchs Haus führe.«

»Die tut gerade, als hätten wir unsern Spaß daran, einen halben Vormittag lang mit einem Haufen Erwachsener durchs Haus zu gondeln«, brummte Edmund und seine Geschwister dachten genau wie er.

Und damit begannen die Abenteuer aufs Neue.

Einige Tage später – an einem Vormittag –, eben als sich Peter und Edmund die Rüstungen anschauten und überlegten, ob sie sie ein bisschen anprobieren könnten, kamen die zwei Mädchen ins Zimmer gestürzt und riefen:

»Achtung, dort kommt die Macready mit einer ganzen Horde hinter sich.«

»Haltet die Klappe!«, rief Peter und alle vier stürzten durch die Tür bis ans Ende des nächsten Zimmers. Doch als sie ins grüne Zimmer kamen und darüber hinaus in die Bibliothek, hörten sie plötzlich dicht vor sich Stimmen. Das musste Frau Macready mit den Besuchern sein, die offenbar die Hintertreppe heraufgekommen waren. Und dann – war es, dass sie einfach kopflos reagierten oder Frau Macready versuchte sie zu verscheuchen oder dass ein Zauber sich in dem Haus zu regen begann, der sie nach Narnia trieb – sie fühlten sich überall verfolgt, bis Suse schließlich flüsterte: »Zum Kuckuck mit dieser Plage! Laufen wir ins Wandschrankzimmer, bis sie vorüber sind, dorthin kommt keiner.« Sobald sie drinnen waren, hörten sie im Flur Stimmen, jemand fummelte an der Tür und sie sahen, wie sich die Klinke bewegte.

»Rasch«, stieß Peter hervor, »es kommt wer!«, riss die Schranktür auf und alle vier krochen in den Schrank hinein. Da saßen sie laut schnaufend im Dunkeln. Peter hielt die Tür fest ohne sie einschnappen zu lassen, denn er war ja nicht so töricht, sich in einem Schrank einzuschließen.

Hinein in die Wälder

»Wenn die Macready mit all ihren Leuten nur endlich weiterginge«, flüsterte Suse. »Mein Bein ist schon eingeschlafen.«

»Und dieser ekelhafte Kampfergeruch«, stöhnte Edmund.

»Sicherlich stecken alle Manteltaschen mit dem Mottenzeug voll«, klagte Suse.

»Mich sticht etwas im Rücken«, stellte Peter fest.

»Mir scheint, es wird plötzlich ganz kalt«, sagte Suse.

»Es scheint nicht nur so, es ist kalt«, versicherte Peter. »Und obendrein auch noch feucht. Was ist nur hier los? Ich sitze in etwas Nassem und jede Minute wird es nässer.« Er sprang auf die Füße.

»Sehn wir, dass wir hinauskommen«, schlug Edmund vor. »Die sind längst weg.«

»O Gott!«, schrie Suse plötzlich und alle fragten, was in sie gefahren sei. »Ich lehne an einem Baum! Und seht nur, dort hinten wird es heller.«

»Heiliger Bimbam!«, rief Peter. »Du hast Recht. Und da und da ... und da, rundherum nichts als Bäume! Das Nasse um uns ist Schnee. Ei, ich glaube, wir sind in Lucys Wald geraten.«

Nun gab es keinen Zweifel mehr. Die vier Kinder blinzelten in die Helligkeit eines Wintertages. Hinter ihnen hingen Mäntel auf Kleiderhaken und vor ihnen standen schneebedeckte Bäume.

Peter wandte sich sofort an Lucy. »Verzeih, dass ich dir nicht geglaubt habe. Es tut mir wirklich Leid. Willst du mir die Hand geben?«

»Gern!« Sie reichte ihm die Hand.

»Aber was machen wir nun?«, fragte Suse.

»Was wir machen? Wir gehn natürlich los und schaun uns um.«

»Huhu.« Suse stampfte mit den Füßen. »Das ist aber hübsch kalt hier. Wollen wir nicht einige Mäntel mitnehmen?«

»Sie gehören uns nicht«, gab Peter zu bedenken.

»Keiner hätte etwas dagegen«, sagte Suse. »Wir tragen sie doch nicht aus dem Haus fort. Wir nehmen sie sogar nicht einmal aus dem Wandschrank.«

»Daran habe ich gar nicht gedacht, Su«, gab Peter lachend zur Antwort.

»So, wie du es darstellst, kann uns natürlich keiner vorwerfen, wir hätten sie gestohlen, solange wir sie in dem Wandschrank lassen, dort, wo wir sie gefunden haben. Und es scheint so, als ob das ganze Land im Wandschrank läge.«

Suses Vorschlag war vernünftig und sie führten ihn augenblicklich aus. Die Mäntel waren reichlich groß für sie. Sie hingen ihnen bis an die Fersen und glichen mehr Krönungsgewändern als Mänteln. Aber sie waren herrlich warm und die Kinder waren überzeugt, jeder von ihnen passe in dieser Aufmachung viel besser in die Landschaft.

»Jetzt könnten wir so tun, als seien wir Polarforscher«, schlug Lucy vor.

»Wir brauchen gar nicht so zu tun, es ist ohnedies aufregend genug«, sagte Peter und schritt entschlossen vor ihnen in den Wald hinein. Über ihren Köpfen hingen schwere dunkle Wolken. Wahrscheinlich würde es vor Einbruch der Nacht noch weiterschneien.

Da schlug Edmund auf einmal vor: »Hallo, sollten wir uns nicht ein wenig weiter nach links halten, damit wir die Straßenlaterne nicht verfehlen?« Er hatte einen Augenblick lang vergessen, sich so zu verhalten, als sei er noch nie in diesem Wald gewesen. Kaum war das Wort seinem Mund entschlüpft, als er merkte, dass er sich verraten hatte. Sie blieben stehen und starrten ihn an.

Peter stieß einen Pfiff aus. »Also, du warst doch schon hier! Damals, als Lucy erzählte, dass sie dir hier begegnet ist. Aber du nanntest sie eine Lügnerin.« Tiefes Schweigen folgte. »Pfui Teufel, was für eine Gemeinheit!« Peter zuckte die Achseln und sagte nichts mehr. Was sollte man auch mehr darüber reden, und gleich darauf setzten alle vier ihren Weg fort.

Das werde ich diesem hochmütigen, selbstgefälligen Pack noch heimzahlen, dachte Edmund heimlich bei sich.

»Wohin gehn wir eigentlich?«, fragte Suse, nur um das Thema zu wechseln.

»Lu sollte den Führer machen«, rief Peter. »Sie hat es wirklich verdient. Willst du, Lu?«

»Wie wärs, wenn wir Herrn Tumnus besuchten?«, fragte Lucy. »Das ist der reizende Faun, von dem ich erzählte.«

Sie waren damit einverstanden, marschierten flink weiter und stapften mit ihren Füßen durch den Schnee. Lucy erwies sich als gute Führerin. Zunächst war sie unsicher, ob sie den Weg noch fände, aber bald erkannte sie einen sonderbar aussehenden Baum wieder, an einer andern Stelle einen Baumstumpf, und so geleitete sie die andern bis dorthin, wo der Boden uneben wurde, in das kleine Tal hinein und zuletzt vor die richtige Tür, vor die Höhle des Herrn Tumnus. Aber hier erwartete sie eine schreckliche Überraschung. Die Tür war aus den Angeln gerissen und ganz zerbrochen. Im Innern der Höhle war es dunkel und kalt. Es roch dumpfig und modrig, der Ort schien schon eine Zeit lang unbewohnt. Durch den Eingang war der Schnee hineingeweht. Er haftete am Boden, vermengt mit schwarzer Holzkohle und Aschenresten des toten Feuers. Irgendjemand hatte anscheinend alles absichtlich durch den Raum gezerrt und dann zerstampft. Das Geschirr lag zerschlagen am Boden und das Bild vom Vater Faun war mit einem Messer in Stücke geschnitten.

»Das ist ja eine schöne Bescherung«, sagte Edmund. »Wozu sind wir eigentlich hergekommen?«

»Was ist dies hier?« Peter bückte sich. Er hatte einen Papierzettel entdeckt, der durch den Teppich hindurch an den Boden genagelt war.

»Steht etwas darauf geschrieben?«, wollte Suse wissen.

»Es scheint so«, antwortete Peter, »doch in diesem Licht kann ich es nicht lesen. Gehn wir hinaus.«

Draußen umringten sie Peter, während er die folgenden Worte vorlas:

Der ehemalige Bewohner dieses Grundstückes, der Faun Tumnus, befindet sich in Haft, in Erwartung eines Gerichtsverfahrens wegen Hochverrats, begangen an Ihrer Kaiserlichen Majestät Jadis, Königin von Narnia auf Feeneden, Herrscherin über die Einsamen Eilande. Obendrein begünstigte er die Feinde Ihrer Majestät, beherbergte Spione und schloss mit Menschen Brüderschaft.

Gezeichnet: Maugrim

Hauptmann der Geheimpolizei.

Lang lebe die Königin!

Die Kinder starrten einander an. »Ich möchte lieber nach Hause. Ich mag nicht mehr hier bleiben«, sagte Suse.

»Wer ist diese Königin, Lu?«, fragte Peter. »Weißt du etwas von ihr?«

»Soviel ich weiß, ist sie überhaupt keine richtige Königin«, antwortete Lucy. »Sie ist eine scheußliche Hexe. Alle Waldbewohner hassen sie. Sie hat das ganze Land verzaubert, so dass es immerzu Winter ist und niemals Weihnachten.«

»Gott weiß, was da alles noch passieren wird«, klagte Suse, »was wollen wir schon hier! Vielleicht wirds noch schlimmer. Jede Minute wird es kälter und wir haben nichts zum Essen mitgenommen. Wir sollten lieber heimgehen.«

»Oh, das können wir doch nicht!«, rief Lucy. »Seht ihr das nicht ein? Nach alldem können wir nun erst recht nicht heimgehn. Ich bin doch daran schuld, dass der arme Faun in solche Schwierigkeiten geraten ist. Er beschützte mich vor der Hexe. Er zeigte mir den Weg zurück. Das bedeutet ja: den Feinden der Königin beistehn und mit Menschen Brüderschaft schließen. Selbstverständlich müssen wir versuchen ihn zu befreien.«

»Nichts werden wir versuchen!«, schrie Edmund. »Hätten wir lieber etwas zu essen!«

»Du hältst den Mund!«, befahl Peter, der auf Edmund noch sehr böse war. »Was meinst du, Suse?«

»Ich habe das schreckliche Gefühl, dass Lucy Recht hat«, sagte Suse, »eigentlich möchte ich keinen Schritt weitertun und wünschte, wir wären niemals hierhergekommen, aber ich glaube, wir müssten was unternehmen für diesen Herrn ... wie war doch sein Name ... ich meine für den Faun.«

»Ich bin der gleichen Meinung«, sagte Peter. »Es beunruhigt mich aber, dass wir gar nichts zu essen haben. Ich würde vorschlagen, uns einiges aus der Speisekammer zu holen, nur ist es nicht sicher, ob wir wieder hierher zurückfinden, wenn wir einmal draußen sind. Deshalb bleibt uns wohl nichts übrig als weiterzugehn.«

»Also gehn wir«, meinten tapfer die beiden Mädchen.

»Wenn wir nur wüssten, wo der arme Kerl sitzt?«, sagte Peter.

Sie schwiegen und dachten darüber nach, wie sie vorgehen sollten, da rief Lucy: »Seht das Rotkehlchen dort vor uns! Was für eine rote Brust es hat. Der erste Vogel hier! Ob die Vögel in Narnia wohl sprechen können? Es sieht fast so aus, als hätte es uns etwas mitzuteilen.« Sie wendete sich zum Rotkehlchen und fragte: »Bitte, kannst du uns sagen, wo sie den Faun Tumnus hingeschleppt haben?« Sie trat einen Schritt näher auf den Vogel zu, der flog auf einmal fort, aber nicht weiter als bis zum nächsten Baum. Dort setzte er sich nieder und betrachtete die Kinder sehr aufmerksam. Er schien alles zu verstehen, was sie redeten. Die zwei Mädchen, sich dessen kaum bewusst, traten einige Schritte näher. Da flog das Rotkehlchen wieder zum nächsten Baum und blickte sie abermals an. Nie hat man ein Rotkehlchen mit röterer Brust und glänzenderen Augen gesehen.

»Wisst ihr, was?«, fragte Lucy. »Ich glaube tatsächlich, es will, dass wir ihm folgen.«

»Ich habe denselben Eindruck«, sagte Suse. Was denkst du, Peter?«

»Ganz meine Meinung, jedenfalls können wir es probieren«, antwortete Peter.

Das Rotkehlchen schien sie genau zu verstehen. Es flog weiter von Baum zu Baum, doch blieb es stets so nahe, dass sie ihm gut folgen konnten. So führte es sie

Hügel abwärts. Wo sich das Rotkehlchen niederließ, stäubte der Schnee von den Zweigen. Bald zerteilten sich die Wolken über ihren Köpfen, die Wintersonne kam heraus und der Schnee ringsum funkelte blendend weiß. Sie waren schon eine halbe Stunde lang unterwegs, die beiden Mädchen voraus, als Edmund zu Peter sagte: »Falls du dir nicht zu gut vorkommst, um mit mir zu reden, so hätte ich dir etwas mitzuteilen, was du dir anhören solltest.«

»Was ist es?«, erkundigte Peter.

»Pst, nicht so laut«, warnte Edmund. »Es ist nicht nötig, die Mädchen zu erschrecken. Aber bist du dir klar, was wir tun?«

»Was denn?«, fragte Peter. Er dämpfte seine Stimme zu einem Flüstern. »Wir folgen einem Führer, den wir nicht kennen. Woher wissen wir, auf welcher Seite der Vogel steht? Wenn er uns nun in eine Falle lockt?«

»Was für ein grässlicher Gedanke ... noch dazu ein Rotkehlchen! Du weißt doch, sie sind in allen Erzählungen gute Vögel. Ein Rotkehlchen würde niemals auf der falschen Seite stehn.«

»Wenn es darauf ankommt, fragt es sich noch: Welches ist die richtige Seite? Woher wissen wir, wer im Recht ist: der Faun oder die Königin? Ja, ich weiß, sie sagen, sie sei eine Hexe. Aber Genaues wissen wir nicht.«

»Der Faun hat Lucy gerettet.«

»Das erzählt er ihr. Woher wissen wir aber, ob es stimmt? Und außerdem gibt es noch etwas zu bedenken: Wer von uns kennt den Weg zurück?«

»Heiliger Bimbam!«, murmelte Peter. »Daran habe ich ja gar nicht gedacht.«

»Und keine Aussicht auf ein Abendessen!«, trumpfte Edmund auf.

Ein Tag bei den Bibern

Während die beiden Jungen noch hinter dem Rücken der Mädchen tuschelten, schrien diese plötzlich »Ach!« und blieben stehen.

»Das Rotkehlchen ist fortgeflogen.«

So war es auch. Es war einfach weg und verschwunden.

»Was sollen wir nun machen?«, fragte Edmund und warf Peter einen Blick zu, der so viel hieß wie: »Na, was habe ich dir gesagt!«

»Pst, schaut doch!«, rief Suse.

»Was denn?«, fragte Peter.

»Unter den Bäumen bewegt sich etwas. Dort drüben links.«

Alle starrten, so aufmerksam sie konnten, nach links. Es war ihnen nicht sehr wohl zumute. »Da kommt es wieder«, flüsterte Suse.

»Nun sehe ich es auch«, wisperte Peter. »Gerade jetzt ist es hinter den dicken Baum gekrochen.«

»Was ist es denn?«, fragte Lucy und gab sich große Mühe, ihre Aufregung zu verbergen.

»Was es auch sein mag«, meinte Peter, »es weicht uns aus und will nicht gesehen werden.«

»Lasst uns doch heimgehn«, bat Suse. Obgleich es keiner laut zu sagen wagte, begriff plötzlich jeder, was Edmund schon vorhin Peter zugeflüstert hatte: Sie waren verloren!

»Was ist es denn eigentlich?«, fragte Lucy zum zweiten Mal.

»Irgendein Tier«, antwortete Suse und gleich darauf rief sie: »Schnell, schnell, seht, dort ist es!«

Nun sahen es alle. Hinter den Bäumen schaute ein pelziges, bärtiges Gesicht hervor und diesmal zog es sich nicht sofort wieder zurück. Stattdessen legte das Tier die Pfote auf das Maul, wie Menschen den Finger auf den Mund legen, wenn sie einem einen Wink geben, leise zu sein. Dann verschwand es wieder. Die Kinder blieben stehen und hielten den Atem an. Im nächsten Augenblick kam der Unbekannte hinter dem Baum hervor, blickte scheu um sich, als befürchte er Lauscher, raunte »Pst!« und machte ihnen Zeichen, ihm in den dichteren Wald zu folgen. Dann verschwand er aufs Neue.

»Ich weiß, was das ist«, erklärte Peter, »das ist ein Biber. Ich habe seinen Schwanz gesehn.«

»Wir sollen zu ihm kommen«, sagte Suse. »Aber er warnt uns, kein Geräusch zu machen.«

»Das glaube ich auch. Sollen wir ihm folgen oder nicht?«, fragte Peter. »Was denkst du, Lucy?«

»Es ist ein netter Biber«, meinte sie.

»Woher wissen wir das?«, erkundigte sich Edmund.

»Wir müssen es wohl wagen«, schlug Suse vor. »Es hat keinen Sinn, hier länger rumzustehn. Auch hab ich Hunger.«

Da streckte der Biber aufs Neue seinen dicken Kopf hinter den Bäumen hervor und winkte ihnen eifrig mit der Pfote.

»Los!«, rief Peter. »Wir versuchen es und lassen es darauf ankommen. Wir werden dicht zusammenbleiben, dann können wir den Kampf mit einem Biber aufnehmen, falls er sich als Feind entpuppt.«

So gingen die Kinder dicht aneinander gedrängt zum Baum und fanden dahinter wirklich den Biber. Er zog sie weiter ins Dickicht hinein und raunte ihnen heiser zu: »Kommt weiter, weiter, bis hierher! Draußen sind wir nicht sicher.«

Erst als er sie an eine dunkle Stelle geführt hatte, an der vier Bäume so dicht beisammenstanden, dass sich die Äste berührten und sie unter ihren Füßen die schneefreie braune Erde voll Tannennadeln sehen konnten, sprach er mit ihnen.

»Seid ihr Adamssöhne und Evastöchter?«, fragte er.

»Ja«, sagte Peter, »das sind wir!«

»Pst«, raunte der Biber. »Ach bitte, nicht so laut! Sogar hier sind wir nicht sicher.«

»Wieso? Wovor fürchten Sie sich denn?«, fragte Peter mit gedämpfter Stimme. »Außer uns ist doch keiner hier.«

»Die Bäume! Sie hören zu! Die meisten sind auf unserer Seite, aber es gibt Bäume, die uns an sie verraten. Ihr wisst, wen ich meine.«

»Wenn wir schon von Seiten sprechen«, sagte Edmund, »woher können wir denn wissen, dass Sie unser Freund sind?«

»Verstehn Sie Edmund nicht falsch, Herr Biber«, fiel Peter ein. »Aber wir sind hier fremd.«

»Schon gut, schon gut«, raunte der Biber. »Hier ist mein Erkennungszeichen.«

Mit diesen Worten hielt er ihnen ein kleines weißes Tüchlein entgegen. Sie betrachteten es überrascht, bis Lucy plötzlich ausrief: »Aber das ist ja mein Taschentuch! Ich gab es dem armen Herrn Tumnus.«

»Jaja«, sagte der Biber. »Armer Bursche. Er bekam Wind von der bevorstehenden Verhaftung und übergab mir das. Er trug mir auf, falls ihm etwas zustieße, sollte ich versuchen euch hier zu treffen, euch das zu übergeben und euch nach ...«

Hier verstummte der Biber. Er machte nur ein oder zwei geheimnisvolle Zeichen, dann bedeutete er den Kindern näher zu kommen, bis sie einen so dichten Kreis um ihn bildeten, dass seine Schnauzhaare ihre Gesichter kitzelten.

»Sie sagen, Aslan sei unterwegs. Vielleicht ist er schon gelandet.«

Und da geschah etwas Sonderbares. Keines der Kinder wusste mehr als du oder ich von Aslan, aber sobald der Biber die Worte ausgesprochen hatte, überkam jedes von ihnen eine eigene Empfindung. Vielleicht ist es dir schon einmal im Traum widerfahren, dass jemand dir etwas sagt, was du gar nicht verstehst. Im Traum ist es von ungeheurer Bedeutung, entweder so schrecklich, dass der ganze Traum zu einem Albdruck wird, oder zu lieblich, um dafür Worte zu finden, so herrlich, dass es den Traum wundervoll macht und du dich dein Leben lang daran erinnerst und dich immer wieder nach ihm zurücksehnst. So ähnlich war es jetzt. Bei dem Namen Aslan fühlte jedes Kind eine andere Erregung in sich aufsteigen: Edmund einen ungeheuren geheimnisvollen Schrecken; Peter plötzlichen Mut und Abenteuerlust; Suse einen köstlichen Duft in der Luft, während herrliche Klänge sie überfluteten; Lucy aber war es wie an einem Sommermorgen, wenn die großen Ferien beginnen.

»Und was ist mit Herrn Tumnus?«, fragte Lucy. »Wo ist er?«

»Pst«, machte der Biber. »Nicht hier! Ich werde euch an einen Ort bringen, wo wir in Ruhe sprechen und auch essen können.«

Keiner hatte nun noch irgendwelche Bedenken,

dem Biber zu folgen, und selbst Edmund war bei dem Wort »Essen« wie erlöst. So wanderten sie hinter ihrem neuen Freund her. Er führte sie mit erstaunlicher Geschwindigkeit über eine Stunde lang durch das tiefste Dickicht des Waldes.

Alle fühlten sich müde und sehr hungrig, als es endlich steil bergab ging und die Bäume vor ihnen spärlicher wurden. Die Sonne schien noch und sie hatten eine wunderbare Aussicht, denn sie standen am Rande einer steil abfallenden schmalen Schlucht. Unter ihnen lag ein breiter Fluss, der jedoch zur Zeit gefroren war. Über diesen Fluss war ein Damm gebaut und nun erinnerten sie sich, dass Biber immer Dämme errichten. Sicherlich hatte ihn der Herr Biber selbst gebaut. Er sah auch sehr stolz aus, genauso wie Menschen aussehen, wenn man ihre selbst angelegten Gärten besichtigt. Aus purer Höflichkeit sagte Suse: »Ein herrlicher Damm!« Und diesmal machte der Herr Biber nicht »Pst!«, sondern meinte: »Ach, nur eine Kleinigkeit, eine Lappalie! Er ist ja noch nicht einmal richtig fertig.«

Oberhalb des Dammes war ein tiefes Loch, ein Tümpel, der allerdings jetzt ebenfalls mit grünem Eis bedeckt war, und unterhalb des Dammes in der Tiefe war noch mehr Eis, das aber war nicht glatt gefroren, sondern wellenartig, wie es das Wasser gewesen war, als der Frost plötzlich eingesetzt hatte. Wo vor dem Frost das Wasser über die Ufer geschäumt war, sahen sie einen glitzernden Kranz von Eiszapfen, als sei der Damm über und über mit Blumen bedeckt, mit Kränzen und Girlanden aus klarem Zucker. Oben auf dem Damm stand in der Mitte ein drolliges, kleines Haus. Es glich mehr einem riesigen Bienenkorb. Durch ein Loch im Dach stieg Rauch. Jeder, zumal wenn er hungrig war, wusste gleich: Da wird gekocht und fühlte sich noch hungriger als zuvor.

Peter, Suse und Lucy sahen eigentlich nur das, doch Edmund beobachtete noch etwas anderes. Am unteren Lauf des Flusses kam aus einem kleinen Seitental ein anderer, schmälerer Fluss, der in ihn mündete. Edmund warf einen Blick auf dieses Tal und konnte sogleich die zwei Hügel erkennen. Das waren wohl jene beiden Hügel, von denen die Zauberin gesprochen hatte, als er sich neulich am Laternenpfahl von ihr verabschiedete. Zwischen diesen Hügeln also, nur einige hundert Meter von hier entfernt, musste, so nahm er an, ihr Schloss liegen. Er dachte wieder an den türkischen Honig und erinnerte sich, dass er König werden sollte. Ich bin begierig, was Peter dazu sagen würde, fuhr es ihm durch den Sinn, und abscheuliche Gedanken stiegen in ihm auf.

»Da sind wir«, sagte der Biber. »Es sieht mir ganz so aus, als erwarte uns die Frau Biberin. Ich werde vorausgehn. Aber gebt Acht, dass ihr mir nicht ausrutscht.«

Der Damm war wohl breit genug zum Gehen, aber nicht gerade ein schöner Spazierweg für Menschen; er war vereist, zudem war der Tümpel nur auf einer Seite gleich hoch wie der Damm, auf der andern Seite stürzte er jäh zum tiefer gelegenen Fluss ab. Der Biber führte sie einzeln im Gänsemarsch. Vom Damm aus sahen sie weit stromaufwärts und stromabwärts, und als sie die Mitte erreicht hatten, standen sie an der Haustür.

»Wir sind da, liebe Frau«, sagte der Biber. »Ich habe sie gefunden. Hier sind die Söhne und Töchter Adams.«

Sie traten gemeinsam ein. Lucy hörte beim Hineintreten ein Surren und erblickte eine alte, freundlich aussehende Biberin. Die saß in einer Ecke vor einer surrenden Nähmaschine, hielt einen Zwirnsfaden zwischen den Zähnen und nähte. Sie unterbrach gleich ihre Arbeit und erhob sich.

»Da seid ihr endlich!«, rief sie und streckte ihnen ihre beiden runzligen Pfoten entgegen. »Ach, dass ich diesen Tag erleben darf! Die Kartoffeln kochen schon, der Teekessel summt, und du, lieber Mann, solltest uns etwas Fisch holen.«

»Das wird sofort geschehn«, sagte der Biber. Peter durfte ihn begleiten. Die beiden nahmen einen Eimer und gingen nochmals über das Eis bis zum Tümpel; dort war ein kleines Loch im Eis, Herr Biber schlug es täglich mit seiner Hacke wieder auf und er setzte sich an den Rand der Öffnung. Es war ihm nicht zu kühl dabei. Er schaute angestrengt in das Loch, dann steckte er plötzlich seine Pfote hinein und, bevor man sich's versah, zog er eine schöne Forelle heraus. Das wiederholte er so oft, bis er einen ordentlichen Fang beisammenhatte.

Unterdessen halfen die Mädchen der Biberin den Kessel füllen, den Tisch decken und das Brot schneiden. Sie wärmten die Teller im Ofen an und füllten aus einem Fass, das in der Ecke stand, einen großen Krug Bier für Herrn Biber. Dann setzten sie die Bratpfanne auf, um das Fett zu erhitzen.

Lucy fand das Biberhaus sehr schmuck und fein, obwohl es nicht der Höhle von Herrn Tumnus glich. Hier gab es weder Bücher noch Bilder. Statt Betten liefen Bänke wie Holzpritschen an den Wänden entlang. Von der Decke hingen Schinken und Zwiebeln in Bündeln herab und an den Wänden lehnten Wasserstiefel, Ölmäntel und Spitzhacken, Baumscheren, Spaten, Maurerkellen, Zementkisten, Fischereizeug und Netze.

Das Tischtuch war zwar sehr sauber, aber ziemlich derb.

Als es in der Bratpfanne zu brutzeln begann, kamen der Biber und Peter mit den Fischen zurück. Der Biber hatte sie schon mit seinem Messer geöffnet und vor dem Haus geputzt. Man kann sich vorstellen, wie gut die Fische rochen und wie sehr die hungrigen Kinder darauf warteten, dass sie gar wurden, und ihr Hunger stieg und stieg, bis die Biberin endlich sagte: »Jetzt sind wir fast so weit.«

Suse goss das Kartoffelwasser ab und stellte den Topf auf den Herdrand, damit sie an der Seite noch ein wenig ausdampften, während Lucy der Frau Biberin die Forellen auftragen half. In wenigen Minuten saß jeder an seinem Platz.

Es gab nur dreibeinige Holzschemel im Biberhaus. Lediglich für die Frau Biberin stand ein Schaukelstuhl behaglich vor dem Feuer. Die Kinder bekamen einen Krug voll schäumender Milch. Herr Biber hielt sich ans Bier. Auf der Mitte des Tisches leuchtete ein Klumpen goldgelber Butter. Davon durfte sich jeder, so viel er wollte, zu den Kartoffeln nehmen. Und alle Kinder fanden – ich bin übrigens ganz ihrer Meinung –, es gibt gar nichts Besseres als frisch gefangene Fische, die eben aus der Pfanne kommen. Nachdem sie die Fische verspeist hatten, brachte Frau Biberin als Überraschung aus dem Ofen eine riesige, wunderbar süße Konfitüre-Roulade, die vor Hitze noch dampfte. Gleichzeitig kochte das Teewasser im Kessel. Der Tee wurde aufgegossen, und nachdem jeder seine Tasse Tee hatte, schoben sie ihre Schemel so weit wie möglich an die Wand, um sich anlehnen zu können, und seufzten zufrieden und glücklich.

»Jetzt«, begann der Biber, schob den leeren Bierkrug

beiseite und zog die Teetasse heran, »wartet noch, bis ich meine Pfeife angezündet habe, dann wollen wir unsere Angelegenheiten besprechen. – Es schneit wieder«, stellte er mit einem Blick durchs Fenster fest. »So werden wir wenigstens keinen Besuch bekommen, und sollte uns jemand gefolgt sein, findet er unsere Spuren nicht.«

Was sich nach dem Essen ereignete

»Und nun, bitte, erzählen Sie uns, was mit Herrn Tumnus geschah«, bat Lucy.

»Oh, das ist schlimm«, sagte der Herr Biber und schüttelte besorgt seinen Kopf, »das ist eine sehr, sehr böse Sache. Er ist zweifellos von der Polizei verhaftet worden. Ich hörte es von einem Vogel, der zusah.«

»Aber wohin haben sie ihn gebracht?«, fragte Lucy weiter.

»Sie brachten ihn nach Norden, und alle wissen, was das bedeutet.«

»Aber wir wissen es nicht«, wandte Suse ein. Der Biber bewegte seinen Kopf noch sorgenvoller.

»Ich fürchte, sie brachten ihn in ihr Haus.«

»Aber was werden sie dort mit ihm machen, Herr Biber?«, Lucy stockte der Atem.

»Ja«, antwortete er, »das kann ich nicht genau sagen. Wer einmal drin ist, kommt eben meist nicht wieder heraus. Sie ...«, er hielt inne und schauderte, »versteinert die Leute. Alle werden Steinfiguren. Das ganze Haus soll überfüllt sein mit ihnen, im Hof, auf den Treppen, in der Halle, überall stehn sie, alle versteinert.«

»Aber, Herr Biber«, jammerte Lucy, »könnten wir, sollten wir, müssten wir denn nicht etwas tun um ihn zu retten? Das ist ja zu schrecklich, und noch dazu durch meine Schuld.«

»Sicherlich würdest du ihn retten, wenn du könntest, Liebes«, sagte die Frau Biberin. »Doch du hast gar keine Möglichkeit, gegen ihren Willen in das Haus und jemals lebend wieder herauszukommen.«

»Man müsste einen Plan aushecken«, schlug Peter vor. »Wir könnten uns verkleiden und als Hausierer auftreten oder so etwas Ähnliches oder aufpassen, bis sie einmal ausgeht. Zum Kuckuck noch mal, es muss sich doch ein Weg finden lassen. Dieser Faun hat meine Schwester auf eigene Gefahr gerettet, Herr Biber! Wir dürfen ihn nicht im Stich lassen, bis er ... bis die Weiße Hexe ihm das antut.«

»Es hat keinen Sinn, Adamssohn, keinen Sinn, dass du etwas unternimmst. Denn jetzt, wo Aslan unterwegs ist ...«

»O ja, erzählen Sie uns etwas über Aslan!«, riefen sogleich mehrere Stimmen und wieder überkam sie dieses wunderliche Gefühl von Frühling, von froher Botschaft.

»Wer ist Aslan?«, fragte Suse.

»Aslan?«, antwortete Herr Biber. »Das wisst ihr nicht? Er ist der König, er ist Herr über die Wälder, aber er ist nicht oft hier. Weder in meines Vaters Zeiten noch solange ich lebe war er hier. Aber wir haben gehört, dass er nun kommen wird, und er soll schon zurückgekehrt sein. Er wird mit der Weißen Hexe abrechnen. Er wird Tumnus retten, nicht ihr, liebe Kinder.«

»Wird sie ihn nicht auch in Stein verwandeln?«, fragte Edmund.

»Mein Gott, Adamssohn, wie kannst du so etwas sagen?«, antwortete der Biber mit lautem Gelächter. »Ihn in Stein verwandeln! Wenn sie in ihrer ganzen Größe vor ihm stehn und ihm ins Gesicht blicken kann, ist es das Äußerste, was ihr gelingt, mehr kann sie sicher nicht. Nein, nein, es wird alles recht werden, so wie es in einem alten Spruch heißt:

Das Krumme wird gerad, sobald Aslan naht!
Beim Klang seiner Stimme verweht alles Schlimme.
Entblößt er die Zähne und schüttelt die Mähne,
wird Winter vergehn und Frühling erstehn.

Das begreift ihr erst, wenn ihr ihm begegnet.«

»Aber werden wir ihn denn sehn?«, fragte Suse.

»Ja, Evastochter, darum habe ich euch hierher gebracht. Ich soll euch zu ihm führen«, sagte der Biber.

»Ist ... ist er ... ein Mensch?«, fragte Lucy.

»Aslan, ein Mensch?«, meinte der Biber empört. »Keine Rede davon! Ich habe euch doch gesagt, dass er der König der Wälder ist und der Sohn des Großen Königs jenseits der Meere. Wisst ihr denn nicht, wer der König der Tiere ist? Aslan ist ein Löwe, der große Leu.«

»Oh!«, rief Suse. »Ich dachte, er sei ein Mensch. Ist man dann auch sicher vor ihm? Vor einem Löwen habe ich Angst.«

»Das macht nichts, mein Kind, du sollst auch Angst haben«, sagte die Biberin. »Wenn jemand vor Aslan erscheint, ohne dass ihm die Knie zittern, ist er entweder unerhört mutig oder bloß ein Narr.«

»Dann ist man also doch nicht sicher vor ihm?«, meinte Lucy.

»Sicher?«, wiederholte der Herr Biber. »Ja, hast du denn nicht gehört, was meine Frau gesagt hat? Wer hat denn von sicher geredet? Natürlich, man ist nicht sicher vor ihm, aber er ist gut und er ist der König.«

»Ich möchte ihn sehn«, erklärte Peter, »auch wenn ich mich noch so sehr vor ihm fürchte.«

»Ausgezeichnet, Adamssohn!«, rief der Biber und schlug seine Pfote so kraftvoll auf den Tisch, dass die Tassen und Schüsseln klirrten.

»Du sollst dich davor fürchten. Botschaft ist schon gekommen, morgen hast du ihm, wenn irgend möglich, am Steintisch zu begegnen.«

»Wo ist das?«, fragte Lucy.

»Ich zeige es euch«, antwortete der Biber. »Unten am Fluss, ziemlich weit zu laufen. Ich bringe euch hin.«

»Und was wird unterdessen aus dem armen Herrn Tumnus?«, fragte Lucy.

»Am schnellsten helfen wir ihm, wenn wir Aslan aufsuchen«, sagte der Biber. »Erst wenn er mit uns ist, können wir überhaupt etwas tun. Allerdings brauchen wir auch euch dazu, denn es gibt einen anderen Spruch:

Sitzt einst auf Feenedens Thron
von Fleisch und Blut ein Adamssohn,
vorbei ist's mit der Teufelsbrut
und alle Übel werden gut!

Da er und ihr alle gekommen seid, geht es einem guten Ende entgegen. Von Aslans Erscheinen in diesen Landen hatten wir schon gehört, lange vorher, keiner kann sagen wann, aber nie vormals war einer von euch hier.«

»Da gibt es noch etwas, Herr Biber, was ich nicht verstehe«, sagte Peter. »Ist denn die Hexe selber kein Mensch?«

»Sie möchte, dass wir es glauben und dass sie deshalb ein Recht hat, unsere Königin zu sein. Nein, sie ist keine Evastochter. Sie stammt zwar von eurem Vater Adam« – hier verbeugte sich der Biber – »und zwar von der ersten Frau eures Adamvaters, Lilith hieß sie, und die war eine Dämonin und stammte einerseits von Geistern ab und anderseits von Riesen. Nein, nein, nicht ein Tropfen reines Menschenblut fließt in den Adern der Zauberin.«

»Ist sie also darum so durch und durch böse, mein lieber Mann?«, fragte seine Frau.

»Ganz richtig«, erwiderte er. »Man kann zweierlei Meinung über menschliche Wesen haben – ich will dabei keinem der Anwesenden zu nahe treten, aber Wesen, die wie Menschen aussehn und keine sind, über solche Geschöpfe gibt es nur eine Meinung.«

»Ich habe aber gute Zwerge gekannt«, gab Frau Biberin zu bedenken.

»Ich auch, da du schon einmal davon sprichst. Die sind selten genug, sind Ausnahmen und gleichen allen andern eher als den Menschen. Aber im Allgemeinen, das rate ich dir, wenn du irgendwo einem Wesen begegnest, das sich so anstellt, als sei es ein Mensch, oder einmal menschliches Wesen annimmt und es nicht ist oder ein Mensch sein sollte und es doch nicht ist, dann sei auf deiner Hut und greif nach dem Beil. Deshalb lauert die Hexe immer auf wirkliche menschliche Wesen, seit vielen Jahren schon wartet sie auf euch, und wenn sie wüsste, dass vier von euch hier weilen, wäre sie noch gefährlicher.«

»Wieso denn?«, fragte Peter.

»Es gibt noch einen anderen Wahrspruch«, sagte der Biber. »Unten auf Feeneden – das ist das Schloss an der Meeresküste, an der Mündung des Flusses, es müsste eigentlich die Hauptstadt des Landes sein, wenn es mit rechten Dingen zuginge –, in Feeneden, da stehn vier Throne, und in Narnia geht die Sage, keiner weiß, wie lange es her ist: Sitzen zwei Adamssöhne und zwei Evastöchter auf diesen vier Thronen, dann ist die Herrschaft der Weißen Hexe zu Ende und damit ist auch ihr Leben verwirkt. Das ist der Grund, warum wir auf dem

Weg hierher so vorsichtig sein mussten. Hätte sie eine Ahnung, dass ihr vier hier seid, wäre euer Leben nicht mehr einen Pfifferling wert.«

Die Kinder schwiegen nach der Erzählung des Bibers. Sie hatten so aufmerksam zugehört, dass sie lange nichts anderes wahrnahmen. Doch dann rief Lucy plötzlich aus: »Hallo, wo steckt denn Edmund?«

Eine entsetzliche Stille folgte. Dann begannen sie zu fragen: »Wer sah ihn zuletzt? Wie lange ist er schon weg? Ist er draußen?« Und alle drängten sich zur Tür um nach ihm auszuschauen. Der Schnee fiel dicht und gleichmäßig und das grüne Eis des Tümpels war unter einer dicken weißen Decke verschwunden. Von der Mitte des Dammes, wo das kleine Haus steht, war kaum das Ufer zu sehen. Sie liefen hinaus und versanken bis über die Fußknöchel in dem weichen Neuschnee. Sie rannten alle um das Haus. »Edmund! Edmund!«, riefen sie, bis sie heiser wurden. Aber der lautlos fallende Schnee dämpfte ihre Stimmen und nicht einmal ein Echo kam als Antwort.

»Geradezu schrecklich«, jammerte Suse, als sie später verzweifelt zurückkehrten. »Ach, ich wünschte, wir wären niemals hierher gekommen.«

»Was, um Himmels willen, sollen wir jetzt tun, Herr Biber?«, fragte Peter.

»Tun?«, antwortete der Biber, der schon dabei war, seine Schneestiefel anzuziehen. »Wir müssen sofort aufbrechen! Keinen Augenblick dürfen wir zögern.«

»Am besten teilen wir uns in vier Rettungsgruppen. Jeder geht in eine andere Richtung«, schlug Peter vor. »Wer ihn findet, kommt gleich zurück und ...«

»Rettungsgruppen, Adamssohn?«, unterbrach der Biber. »Wozu das?«

»Selbstverständlich um Edmund zu suchen.«

»Es hat keinen Zweck, ihn zu suchen«, knurrte der Biber.

»Was soll das heißen?«, fragte Suse. »Er kann doch nicht weit sein! Wir müssen ihn finden! Warum behaupten Sie, dass es keinen Zweck hat, ihn zu suchen?«

»Weil es ganz klar ist, wo er ist«, antwortete der Biber. Alle starrten ihn atemlos an. »Begreift ihr denn nicht? Er ist zu ihr gegangen, zur Weißen Hexe. Und er hat uns verraten!«

»Oh, unmöglich!«, rief Suse. »Das kann er nicht getan haben.«

»Kann er wirklich nicht?«, meinte der Herr Biber und musterte die Kinder mit scharfem Blick. Was sie auch vorbringen wollten, erstarb auf ihren Lippen, denn jedes von ihnen war plötzlich ganz sicher: Genau das war es, was Edmund getan hatte.

»Aber wieso kennt er den Weg?«, wollte Peter wissen.

»Ist er denn nie vorher hier im Land gewesen?«, fragte der Biber.

»Doch«, antwortete Lucy »Leider war er schon hier.«

»Und hat er auch erzählt, was er getrieben hat, wem er begegnet ist?«

»Nein, das tat er nicht«, gestand Lucy.

»Dann glaubt mir«, sagte der Biber, »die Weiße Hexe hat ihn erwischt und er hat sich auf ihre Seite geschlagen. Er hat erfahren, wo sie wohnt. Ich wollte es bisher nicht erwähnen, da er euer Bruder ist ... und überhaupt ... und so. Aber als ich seine Augen sah, dachte ich mir: Das ist ein Verräter. Er sah aus wie einer, der bei der Zauberin gewesen ist und ihre Speisen genossen hat. Wenn man lange genug in Narnia gelebt hat, erkennt man das sofort: an den Augen.«

»Und wenn auch«, sagte Peter mit halb erstickter Stimme. »Wir müssen ihn suchen gehn! Selbst wenn er ein rechtes kleines Biest ist, bleibt er doch unser Bruder und er ist auch nur ein Kind.«

»In das Haus der Hexe gehn?«, rief die Frau Biberin. »Begreife doch, du musst ihr fernbleiben. Das ist die einzige Möglichkeit, ihn und euch zu retten.«

»Wie stellen Sie sich das vor?«, fragte Lucy.

»Ei! Sie will ja gar nichts anderes als euch alle vier auf einmal kriegen. Die ganze Zeit denkt sie an nichts anderes als an ihre vier Throne auf Feeneden. Sobald ihr alle vier in ihrem Haus seid, hat sie gewonnenes Spiel, und bevor ihr noch piep sagen könnt, stehn vier neue Steinfiguren in ihrer Sammlung. Solange er der Einzige ist, lässt sie ihn leben und benutzt ihn als Lockvogel. Er ist der Köder, mit dem sie euch fangen will.«

»Oh, kann uns denn keiner helfen?«, jammerte Lucy.

»Niemand außer Aslan«, erklärte der Biber. »Er ist unsere einzige Hoffnung.«

»Meine Lieben«, sagte nun die Biberin. »Es wäre wichtig, zu wissen, wann er entwischt ist. Er kann ihr nur verraten, was er hier gehört hat. Hatten wir Aslan schon erwähnt? Wenn nicht, dann ist alles gut. Dann weiß sie gar nicht, dass Aslan in Narnia angekommen ist und wir ihm begegnen sollen. Sie wird, was das anbelangt, nicht auf ihrer Hut sein.«

»Ich erinnere mich nicht mehr«, begann Peter. »War er noch dabei, als wir von Aslan sprachen?«

»Doch, er war dabei.« Lucys Stimme klang kläglich. »Erinnert euch doch. Er fragte, ob die Hexe nicht auch Aslan versteinern könnte.«

»Schlimm, schlimm«, seufzte der Biber. »Und nun weiter: War er noch da, als ich euch erzählte, dass der Treffpunkt mit Aslan der Steintisch sei?«

Auf diese Frage wusste keiner eine Antwort.

»Denn«, meinte der Biber, »wenn er das gehört hat,

dann jagt sie einfach mit ihrem Schlitten in diese Richtung los, fängt uns noch, bevor wir den Steintisch erreichen, und wir sind von Aslan abgeschnitten.«

»Das ist nicht ihr erster Gedanke«, sagte die Biberin. »Nein, nein, ich kenne sie. Sobald ihr Edmund erzählt hat, dass wir hier alle beisammensitzen, versucht sie uns gleich hier zu fangen. Wenn sie vor einer halben Stunde aufgebrochen ist, kann sie in einer Viertelstunde hier sein.«

»Du hast Recht, liebe Frau«, bestätigte ihr Mann. »Wir müssen fort! Jeder Augenblick ist kostbar.«

Im Haus der Zauberin

Nun wollt ihr natürlich wissen, was mit Edmund geschah. Er hatte gegessen, was es zu essen gab, aber es schmeckte ihm nicht recht, denn die ganze Zeit über dachte er an den türkischen Honig, und nichts verdirbt den Appetit so sehr, als wenn man an Zauberschleckereien denkt. Er hatte dem Gespräch mit großem Missbehagen zugehört, denn er hatte ja gemerkt, dass die andern ihn nicht beachteten, ja sogar ihm die kalte Schulter zeigten. Das taten sie zwar nicht, aber er bildete sich das eben ein. Er hatte auch noch gehört, wie der Biber von Aslan gesprochen und gesagt hatte, dass sie ihn am Steintisch treffen wollten. Da zog er sich leise zurück und verbarg sich hinter dem Vorhang, der vor der Tür hing. Denn bei der Erwähnung Aslans überkam ihn geheimnisvoller Schrecken wie die anderen geheimnisvoll Liebliches.

Gerade als der Biber den Spruch von Adams Fleisch und Blut aufsagte, drückte Edmund lautlos die Klinke nieder, und noch bevor der Biber erklärte, dass die Weiße Hexe kein wirklicher Mensch, sondern halb Dämonin, halb Riesin sei, glitt Edmund hinaus in den Schnee und schloss behutsam die Tür hinter sich.

Ihr müsst nun nicht denken, Edmund sei so schlecht gewesen zu wünschen, sein Bruder und seine Schwestern sollten in Stein verwandelt werden. Er hatte keinen andern Wunsch, als türkischen Honig zu naschen,

Prinz zu werden und später gar König. Aber er wollte es auch Peter heimzahlen, weil er ihn ein Biest genannt hatte. Die Zauberin mochte mit den andern anfangen, was sie wollte, keinesfalls sollte sie besonders nett zu ihnen sein oder sie so gut wie ihn behandeln. Es gelang ihm, zu glauben, oder er tat wenigstens so, als ob er es glaube, die Hexe würde ihnen nichts wirklich Böses antun. Denn, dachte er sich, alle Leute, die so hässliches Zeug über sie reden, sind ihre Feinde. Wahrscheinlich ist nur die Hälfte davon wahr. Zu mir war sie jedenfalls sehr nett, viel netter als die Meinen. Ich glaube, sie ist die wirkliche Königin, auf jeden Fall wird sie besser sein als der grässliche Aslan. Das war die Ausrede, mit der er sein Handeln schließlich vor sich rechtfertigte. Es war kein gutes Argument, denn tief in seinem Innern wusste er genau: Die Weiße Hexe ist böse und grausam.

Als er draußen im Freien stand, sah er, dass es heftig schneite, und er hatte seinen Mantel im Biberhaus vergessen. Eine schöne Bescherung! Es war unmöglich, umzukehren und ihn noch zu holen. Das Tageslicht war fast erloschen, gegen drei Uhr hatten sie sich erst zum Essen niedergesetzt. Wintertage sind kurz, damit hatte er nicht gerechnet. Er schlug seinen Rockkragen hoch und stapfte über den Damm; glücklicherweise war es nicht mehr so glatt, weil Neuschnee gefallen war.

Als er das andere Ufer erreicht hatte, wurde es schnell dunkler und er konnte in dem Schneetreiben kaum drei Schritte weit sehen. Es gab nicht einmal eine Straße. Er rutschte in tiefe Schneewehen, schlitterte über gefrorene Tümpel, stolperte über umgestürzte Baumstämme, fiel steile Abhänge hinunter und stieß gegen Felsen, bis er nass und kalt und über und über zerschunden war. Die Einsamkeit und das Schweigen ringsum waren fürchterlich. Er hätte tatsächlich seinen Plan aufgegeben und wäre zurückgegangen, um sich mit den andern auszusöhnen und alles einzugestehen, wenn er sich nicht immer wieder vorgesagt hätte: »Sobald ich erst König von Narnia bin, werde ich vor allem anständige Straßen bauen.« Der Wunsch, König zu werden, trieb ihn gehörig an. Er stellte sich seinen Palast vor, wie viel Lakaien, wie viel Karossen er haben würde, natürlich auch ein eigenes Kino ... Er überlegte, wo die Haupteisenbahnlinie verlaufen sollte und welche Gesetze er gegen Biber und ihre Dämme erlassen würde. Seine Pläne bekamen den letzten Schliff, als er entschied, wie Peter im Zaum zu halten wäre. Da schlug das Wetter um. Zuerst hörte es auf zu schneien. Dann erhob sich ein Wind und es wurde eisig kalt. Endlich verschwanden die Wolken und der Mond ließ sich sehen. Es war Vollmond. Sein Leuchten machte alles in der Runde taghell; nur die Schatten auf dem Schnee waren ziemlich verwirrend. Ohne den Mond hätte er niemals seinen Weg am anderen Ufer gefunden. (Erinnert euch nur: Er sah das Ufer bei der Ankunft vor dem Biberhaus.) Nun ging er weiter, bis dorthin, wo ein kleinerer Fluss in den großen mündete. Er folgte ihm flussaufwärts in ein schmales Tal, viel steiler und felsiger als jenes, das er soeben verlassen hatte. Es war auch von starkem Gestrüpp überwuchert, sodass er sich in der Dunkelheit kaum zurechtfand. Er musste unter Zweigen durchkriechen und dabei stürzten schwere Schneeklumpen auf seinen Rücken, bis er durch und durch nass war. Mit jedem Schritt hasste er Peter mehr, als sei dieser an allem schuld. Endlich fand er einen ebenen Weg. Das Tal öffnete sich und da erblickte er dicht vor sich, am andern Ufer in einer Mulde zwischen zwei Hügeln, das Haus der Weißen Hexe, in Wirklichkeit war es ein kleines Schloss. Der Mond leuchtete heller denn je. Das Schloss schien ganz aus Türmchen zu bestehen, kleine Türme mit langen scharfen Spitzen. Sie sahen aus wie riesige Narrenkappen oder Zauberhüte, glänzten im Mondschein und warfen unheimlich lange Schatten auf den Schnee. Edmund bekam Angst vor dem Haus, aber jetzt war es zur Umkehr zu spät. Er überschritt den gefrorenen Fluss und ging auf das Haus zu. Nichts bewegte sich. Nicht der leiseste Ton war hörbar, sogar seine eigenen Schritte waren lautlos im tiefen Neuschnee. Er ging von einer Ecke zur andern, von Türmchen zu Türmchen, und suchte den Eingang. Er musste bis ans entlegenste Ende, bevor er ihn fand. Es war ein riesiger Torbogen, aber sein großes Eisengitter war weit geöffnet. Edmund schlich sich an den Bogen heran und schaute vorsichtig in den Schlosshof. Sein Herz erstarrte fast, denn da stand, vom Mond beschienen, ein riesengroßer, sprungbereiter Löwe. Edmund hielt sich im Schatten des Tores und getraute sich weder vor noch zurück. Er stand mit schlotternden Knien so lange, bis seine Zähne vor Kälte – vielleicht auch vor Furcht – klapperten. Er wusste nicht genau, wie lange er so stand ... es kam ihm wie Stunden vor.

Endlich fragte er sich, warum der Löwe gar so still blieb, denn seit Edmund ihn erblickt hatte, war er regungslos geblieben. Da wagte er sich ein wenig näher – noch immer möglichst im Schatten des Torbogens – und sah den Löwen deutlicher. Das Tier starrte auf etwas anderes, und zwar auf einen kleinen Zwerg, der in geringer Entfernung ihm den Rücken kehrte. Oha, dachte Edmund, sobald er auf den Zwerg losspringt, kann ich ausreißen. Doch weder Zwerg noch Löwe bewegten sich. Und da erinnerte sich Edmund, was der alte Biber von der Weißen Hexe erzählt hatte: Sie versteinerte ja alle Geschöpfe. Vielleicht war es nur ein Steinlöwe, und da bemerkte er auch, dass Haupt und Rücken des Löwen mit Schnee bedeckt waren. Selbstverständlich konnte es nur eine Steinfigur sein. Kein lebendes Tier ließ sich jemals zuschneien. Nun wagte sich Edmund sehr langsam, mit so laut klopfendem Herzen, dass es fast zersprang, näher an den Löwen heran. Auch jetzt noch getraute er sich kaum ihn zu berühren. Doch endlich streckte er die Hand aus und spürte: Es war kalter Stein. Er war vor einem Löwen erschrocken, der bloß aus Stein war! Edmund atmete erleichtert auf. Trotz der Kälte wurde ihm plötzlich von Kopf bis zu den Füßen warm und gleichzeitig kam ihm ein großartiger Gedanke: Vielleicht ist das der große Löwe Aslan, von dem sie alle redeten. Die Hexe hat ihn bereits gefangen und versteinert ... Nun ist's Schluss mit all den feinen Plänen, die sie mit ihm vorhatten. Ätsch! Wer fürchtet sich noch vor Aslan? Edmund lachte sich ins Fäustchen und gleich darauf tat er etwas sehr Dummes und Kindisches. Er zog einen Bleistiftstummel aus der Tasche, malte dem Löwen einen Schnauzbart auf die Oberlippe und eine Brille über seine Augen. Dann sagte er: »Na, du alter, blöder Aslan, da hast du gedacht, weiß Gott, was du bist, und wie gefällt es dir nun, so als Stein dazustehn?« Doch das große steinerne Antlitz des Löwen schaute trotz des verunstaltenden Gekritzels so schrecklich traurig und hoheitsvoll ins Mondlicht, dass Edmund seines Spottes nicht recht froh wurde. Er drehte sich um und ging über den Hof.

Als er bis zur Mitte gekommen war, sah er überall Steinfiguren. Sie standen da und dort, wie Schachfiguren auf ihrem Brett mitten im halbfertigen Spiel. Es gab da Steinsatyre und steinerne Wölfe, Bären, Dachse und Wildkatzen aus Stein. Es gab liebliche Figuren, die Frauen glichen; es waren aber Baumgeister. Da stand ein ungeheurer Zentaur, ein geflügeltes Ross und ein lang gestrecktes Wesen, das Edmund für einen Drachen hielt. Alle standen vollkommen regungslos und sahen im kalten Mondlicht so lebenswahr und unheimlich aus, dass es Edmund schwer fiel, den Hof zu überqueren. Genau in der Mitte erhob sich gar noch eine riesenhafte Gestalt, ein Mann, so hoch wie ein Baum, mit einem grimmigen Gesicht und einem zottigen Bart, eine Keule in seiner Linken. Obwohl Edmund wusste, dass er nur einen Steinriesen ohne einen Funken Leben vor sich hatte, getraute er sich kaum daran vorbei. Dann sah er aus einem Türspalt gegenüber ein schwaches Licht fallen und ging darauf zu. Einige Steinstufen führten zu einer offenen Tür, Edmund stieg hinauf. Quer über der Schwelle lag ein großer Wolf. »Der macht mir nichts«, sagte sich Edmund. »Es ist nur ein Steinwolf. Er kann mir nichts tun«, und schon hob er seinen Fuß und wollte über ihn hinwegsteigen; da schoss das Riesentier mit gesträubtem Fell auf ihn zu, öffnete sein großes rotes Maul und sprach knurrend: »Wer ist da? Halt an, Fremdling, und sag mir, wer du bist!«

»O bitte, Herr Wolf«, antwortete Edmund – er zitterte so, dass er kaum sprechen konnte –, »ich heiße Edmund. Ich bin ein Adamssohn. Ich habe Ihre Majestät einmal im Wald getroffen und jetzt komme ich und überbringe ihr Neuigkeiten. Mein Bruder und meine Schwestern sind nun in Narnia, im Biberhaus. Sie wollte sie gerne sehn.«

»Ich werde es Ihrer Majestät melden«, sagte der Wolf. »Bleib inzwischen hier auf der Schwelle stehen, wenn dir dein Leben lieb ist.« Der Wolf verschwand im Haus. Edmund stand und wartete. Seine Finger schmerzten vor Kälte und sein Herz hämmerte gegen die Brust. Bald darauf kam der graue Wolf, Maugrim, Oberst der geheimen Zauberpolizei, zurück und rief:

»Komm herein, komm herein, beneidenswerter Günstling der Königin, oder vielleicht auch nicht so zu beneidender!«

Edmund überschritt die Schwelle, er ging sehr behutsam, um nicht auf die Pfoten des Wolfes zu treten.

Er kam in eine lange dämmrige, von vielen Säulen getragene Halle. Sie war genauso voll von Steinfiguren wie der Hof. Gleich neben der Tür stand ein kleiner Faun mit einem sehr traurigen Gesicht. Das ist sicherlich Lucys Faun, dachte Edmund. Es war nur spärlich Licht im Raum, eine einzige Lampe brannte und dicht neben ihr saß die Hexe.

»Da bin ich, Eure Majestät.« Edmund lief eifrig auf sie zu.

»Du wagst es, allein zu kommen?«, fragte die Hexe mit schrecklicher Stimme. »Habe ich dir nicht gesagt, du sollst die anderen mitbringen?«

»Bitte sehr, Majestät, ich tat, was ich konnte. Ich brachte sie ganz in die Nähe. Sie stecken in dem kleinen Haus, gerade oberhalb des Flusses auf dem Damm, bei Herrn und Frau Biber.«

Ein schlaues, grausames Lächeln glitt über das Gesicht der Hexe .

»Sind das alle Neuigkeiten?«, fragte sie.

»Nein, Majestät«, und Edmund erzählte ihr alles, was er vor dem Verlassen des Biberhauses mit angehört hatte.

»Was? Aslan ist da?«, schrie die Hexe. »Aslan? Ist das wahr? Wehe, wenn du mich belügst.«

»Bitte schön, ich wiederhole nur, was sie gesagt haben«, stammelte Edmund.

Doch die Königin beachtete ihn nicht länger. Sie klatschte in die Hände und sofort erschien derselbe Zwerg, den Edmund bereits von ihrer ersten Begegnung her kannte.

»Mach den Schlitten bereit«, befahl die Hexe, »aber nimm das Zaumzeug ohne Glöckchen!«

Der Zauberbann weicht

Nun zurück zu Herrn und Frau Biber und den drei Kindern. Sowie der Biber sagte: »Es ist höchste Zeit«, schlüpften alle in ihre Mäntel, nur die Frau Biberin nicht. Sie holte Rucksäcke, legte sie auf den Tisch und bat: »Lieber Mann, reich mir jetzt den Schinken herunter und dort ist ein Päckchen Tee, da Zucker, hier Zündhölzer, und einer soll mir aus dem irdenen Topf in der Ecke zwei oder drei Brote langen.«

»Was tun Sie da, Frau Biberin?« erkundigte sich Suse.

»Ich packe uns allen etwas zum Essen ein, mein Kind«, meinte die Biberin sehr gelassen. »Oder glaubst du vielleicht, wir machen uns ohne Essen auf den Weg?«

»Aber wir haben doch keine Zeit«, klagte Suse und knöpfte ihren Mantelkragen zu. »Sie kann ja jede Minute hier sein.«

»Das denke ich auch«, stimmte ihr der Biber zu.

»Nun regt euch nur nicht auf«, sagte seine Frau. »Überleg dir doch, lieber Mann, sie kann frühestens in einer Viertelstunde hier sein.«

»Aber müssten wir nicht schon einen möglichst weiten Vorsprung haben?«, meinte Peter, »damit wir vor ihr am Steintisch sind?«

»Ja, das sollten Sie sich überlegen, Frau Biberin«, sagte Suse. »Wenn die Hexe hereinschaut und merkt, wir sind gerade erst fort, wird sie uns mit Windeseile nachjagen.«

»Das wird sie wohl«, antwortete die Biberin. »Aber was wir auch tun, wir können keinesfalls vor ihr dort sein, denn sie fährt im Schlitten und wir gehn zu Fuß.«

»Dann haben wir ja gar keine Hoffnung!«, rief Suse.

»Mach nur jetzt keinen Kuddelmuddel, mein Kind, sondern nimm lieber ein halbes Dutzend saubere Taschentücher aus der Schublade. Natürlich haben wir genug Hoffnung. Wir können nicht vor ihr dort sein, aber wir können uns im Dickicht verbergen und Pfade wählen, die sie nicht kennt. Vielleicht kommen wir so durch.«

»Das ist schon richtig, liebe Frau«, sagte ihr Mann, »doch es ist trotzdem höchste Zeit, hier rauszukommen.«

»Jetzt verliere nicht auch du noch den Kopf, lieber Mann«, beruhigte ihn seine Frau. »Da, das ist besser. Hier sind vier Rucksäcke, der kleinste ist für die Jüngste von uns. Das bist du, mein Kind«, setzte sie hinzu und schaute auf Lucy.

»Ach bitte, bitte, kommt«, bettelte Lucy.

»Schon gut, ich bin fast fertig«, antwortete die Biberin und ließ sich von ihrem Mann in die Schneestiefel helfen. »Die Nähmaschine wird wohl zu schwer sein zum Mitnehmen?«

»Ja, die ist viel zu schwer«, sagte der Biber. »Und du glaubst doch selbst nicht, dass du sie unterwegs brauchen kannst.«

»Nein, aber ich krieg den Gedanken nicht los, dass die Hexe daran herumpfuscht, sie ruiniert oder stiehlt, das wäre nämlich gut möglich.«

»O bitte, bitte, bitte, beeilt euch«, drängten die drei Kinder.

Schließlich waren sie glücklich draußen und der Biber versperrte die Tür.

»So, das wird sie ein bisschen aufhalten«, brummte er. Sie hängten sich die Rucksäcke über die Schultern und marschierten ab. Es hatte aufgehört zu schneien und der Mond ließ sich wieder einmal sehen, als sie ihren Weg antraten. Sie gingen im Gänsemarsch, zuerst der Biber, dann Lucy, danach Peter und Suse und zum Schluss kam die Biberin. Der Biber führte sie über den Damm ans rechte Flussufer und später zwischen den Bäumen die Uferböschung hinab. Die Talseiten waren vom Mond beschienen, sie türmten sich zu beiden Seiten hoch auf.

»Halten wir uns so weit wie möglich hier unten«, schlug der Biber vor. »Sie muss mit ihrem Schlitten oben auf der Höhe bleiben.«

Was für ein schönes Bild wäre es gewesen, hätte man es durch ein Fenster vom bequemen Stuhl aus betrachtet. Und selbst so hatte Lucy zunächst ihre Freude daran, doch als sie weiter und immer weiter gingen und gingen, wurde der Rucksack schwer und schwerer und sie fragte sich, wie das alles wohl enden solle. Sie blieb stehen und sah sich die flimmernde Helle des gefrorenen Flusses mit seinen erstarrten Wasserfällen, die weißen Schneelasten der Baumwipfel, den großen klaren Mond und die unzähligen Sterne an. Sie beobachtete Herrn Bibers kurze Beinchen, die vor ihr, pitsch, patsch, pitsch, patsch, durch den Schnee watschelten, als würden sie niemals still stehen. Dann versteckte sich der Mond wieder und es fing von neuem an zu schneien. Lucy war so müde, dass sie fast im Laufen eingeschlafen wäre, da bemerkte sie plötzlich: Der Biber wandte sich vom Ufer ab nach rechts, führte sie steil aufwärts in dichtes

Strauchwerk und – du glaubst es nicht – verschwand in einem kleinen Loch, das fast unsichtbar war unter dem Gebüsch, und erst wenn man ganz nahe stand, entdeckte man es. Bevor sich Lucy überhaupt klar wurde, was geschah, sah sie nur noch seinen kurzen breiten Schwanz herausragen.

Sofort bückte sie sich und krabbelte ihm nach. Dann hörte sie Stoßen und Strampeln und Scharren hinter sich und in wenigen Minuten waren alle fünf drinnen.

»Wo um alles in der Welt sind wir?«, fragte Peter. Seine Stimme klang müde und blass. (Ich hoffe, ihr versteht, was ich mit einer Stimme, die blass klingt, sagen will?)

»Das ist ein alter Biberschlupfwinkel für gefährliche Zeiten, ein großes Geheimnis. Wir haben nicht viel Platz, aber wir brauchen ein paar Stunden Schlaf«, erklärte der Biber.

»Hättest du beim Abmarsch nicht so gedrängelt, dann hätte ich einige Kissen mitgenommen«, klagte die Biberin.

Die Höhle war nicht halb so hübsch wie die von Herrn Tumnus, stellte Lucy fest. Es war ein sandiges, aber immerhin trockenes Erdloch. Es war sehr eng, und nachdem alle sich niedergelegt hatten, bildeten sie nur ein einziges Pelz- und Kleiderbündel, doch dadurch wärmten sie einander, und nach dem langen Marsch fehlte nicht viel, dass es geradezu heimelig gewesen wäre. Der Boden der Höhle hätte allerdings ein wenig weicher sein können. Nun reichte die Frau Biberin im Dunkeln eine kleine Flasche herum und jeder nahm einen Schluck. Der Trank brannte in der Kehle. Jeder musste husten und ein bisschen krächzen, aber als sie ihn unten hatten, wurde ihnen wundervoll warm, sie streckten sich aus und schliefen ein.

Lucy kam es nur wie eine Minute vor, obwohl Stunden und Stunden vergangen waren. Als sie wieder erwachte, fröstelte sie ein wenig. Sie fühlte sich ganz steif und hätte schrecklich gern ein heißes Bad gehabt. Die langen Haare eines Biberbartes kitzelten ihre Wange. Sie sah das Tageslicht vor dem Höhleneingang und gleich darauf war sie – wie all die andern auch – völlig munter. Sie saßen plötzlich alle mucksmäuschenstill, sperrten Mund und Augen auf und lauschten einem Geräusch, an das sie die ganze Zeit über gedacht hatten, das sie auf ihrer nächtlichen Wanderung mehrmals zu hören geglaubt hatten: »Kling, klang! Kling, klang!«, ertönte es.

Kaum hatte es der Biber gehört, da fuhr er wie ein Blitz aus der Höhle. Wahrscheinlich denkt ihr genau wie Lucy im ersten Augenblick: Wie dumm, so was zu tun.

Aber handelte er denn nicht vernünftig? Er wusste, dass er im Schutz der Büsche höher hinaufklettern konnte ohne gesehen zu werden. Er wollte unbedingt wissen, welchen Weg der Hexenschlitten nehmen werde. Die andern in der Höhle warteten voll Spannung. Sie warteten beinahe fünf Minuten. Was sie dann hörten, erschreckte sie gar sehr. Sie vernahmen Stimmen! O weh, o weh, dachte Lucy. Man hat ihn gesehen. Sie hat ihn gefangen. Wie groß war aber ihre Überraschung, als der Biber sie gleich darauf hinausrief.

»Alles in Ordnung«, schrie er, »kommt nur heraus, liebe Frau, Söhne und Töchter Adams! Alles in Ordnung! Es ist nicht dieselbige.« (Das war zwar umständlich ausgedrückt, aber so reden die Biber, wenn sie aufgeregt sind, wenigstens in Narnia. In unserer Welt sprechen sie ja gewöhnlich überhaupt nicht.)

Die Biberin und die Kinder buddelten sich aus der

Höhle heraus und blinzelten, über und über mit Sand und Erde bedeckt, in das Tageslicht. Sie sahen ganz zerdrückt, ungebürstet, ungekämmt und verschlafen aus.

»Kommt her, kommt alle her!« Der Biber tanzte geradezu vor Vergnügen. »Das ist ein schwerer Schlag für die Hexe. Ihre Macht scheint bereits gebrochen.«

»Was meint Ihr denn, Herr Biber?«, keuchte Peter, während sie alle zusammen den Hang hinaufkletterten.

»Erzählte ich euch nicht«, antwortete der Biber, »dass sie immerzu Winter macht und wir niemals Weihnachten haben? Erzählte ich euch das nicht? jetzt kommt her und seht!«

Als sie alle auf der Anhöhe waren, sahen sie es: Da stand ein Schlitten und Rentiere mit Glocken am Zaumzeug. Aber sie waren viel größer als die Rentiere der Zauberin. Sie waren nicht weiß, sie waren braun. Und im Schlitten saß einer, den jeder auf den ersten Blick erkennt: ein riesenhafter Mann in leuchtend rotem Rock (rot leuchtend wie Ebereschen) mit einer Pelzmütze, ein großer weißer Bart fiel wie ein Wasserfall über seine Brust. Selbst wenn man Leute wie ihn nur in Narnia warhaftig sehen kann, so kennt man doch genug Bilder von ihm und hat auch in unserer Welt auf dieser Seite der Wandschranktür von ihm gehört. Aber in Narnia ist es ganz anders. In unserer Welt zeigen viele Bilder ihn nur lustig und drollig. Doch jetzt, wo die Kinder ihn wirklich vor sich sahen, stand er so hoheitsvoll, zugleich so freudestrahlend und lebenswirklich vor ihnen, dass alle verstummten. Es war ihnen sehr fröhlich zumute, aber auch sehr feierlich.

»Endlich kann ich kommen«, sagte er. »Sie hat mich

lange Zeit fern gehalten, doch nun bin ich wieder da, Aslan ist unterwegs und die Macht der Hexe vergeht.«

Lucy fühlte einen Schauer von Glück, wie ein Mensch ihn nur in ganz feierlich stillen Stunden erlebt.

»Und da«, sagte der Weihnachtsmann, »sind eure Geschenke. Hier ist eine neue und bessere Nähmaschine für Euch, liebe Biberin. Ich bringe sie im Vorbeifahren in Euer Haus.«

»Entschuldigen Sie, Herr Weihnachtsmann«, die Biberin machte einen Knicks, »das Haus ist verschlossen.«

»Schlösser und Riegel hindern mich nicht«, antwortete der Weihnachtsmann. »Und Ihr, lieber Biber, werdet bei der Heimkehr einen fertig gebauten Damm vorfinden, alle Löcher verstopft und ein neues Schleusengitter davor.«

Der Biber war hochentzückt. Er riss vor Freude sein Maul so weit auf, dass er kein Wort herausbringen konnte.

»Du, Peter, Adamssohn«, setzte der Weihnachtsmann fort.

»Hier bin ich, Herr Weihnachtsmann«, meldete sich Peter.

»Da sind deine Geschenke, Werkzeuge, keine Spielsachen, denn die Zeit, sie zu benutzen, ist vielleicht nahe. Bewahre sie gut.« Mit diesen Worten übergab er Peter ein Schwert und einen Schild. Der Schild leuchtete wie Silber. Auf dem Wappen glänzte ein aufrecht stehender roter Löwe. Der Schwertgriff war aus Gold. Schwertgurt und Scheide und alles, was dazu gehörte, wogen genau so viel, dass Peter sie gut tragen und handhaben konnte. Er blieb still und stumm und war feierlich bewegt, als er dieses Geschenk entgegennahm, denn er fühlte, dass es ganz besondere Gaben waren.

»Suse, Evastochter«, sagte der Weihnachtsmann. »Dies ist für dich.«

Er gab ihr einen Bogen, einen Köcher mit Pfeilen und ein kleines Elfenbeinhorn. »Den Bogen darfst du nur in höchster Not benutzen, denn du sollst nicht in Schlachten kämpfen. Er verfehlt selten sein Ziel. Und wenn du das Horn an deine Lippen setzt und hineinbläst, wird dir Hilfe zuteil werden, wo immer du auch bist.«

Zuletzt sprach er: »Lucy, Evastochter«, und sie trat vor. Ihr gab er ein Fläschchen. Es sah wie Glas aus, aber später hieß es, es sei ein Diamant gewesen. Er reichte ihr außerdem einen kleinen Dolch. »In dieser Flasche ist Lebenswasser, es kommt aus der Feuerblume, die in den Sonnengebirgen wächst. Wirst du oder einer deiner Freunde verwundet, so werden euch wenige Tropfen sofort heilen. Der Dolch soll dich in äußerster Not verteidigen. Auch du sollst am Kampf nicht teilnehmen.«

»Warum nicht, Herr Weihnachtsmann?«, fragte Lucy. »Ich weiß es genau, ich könnte tapfer sein.«

»Darum geht es nicht, aber Schlachten, wo Frauen mitkämpfen, sind die hässlichsten. Und nun gebe ich euch das, was ihr gerade nötig habt.«

Er holte – ich vermute, aus dem großen Sack auf seinem Rücken, aber niemand sah recht, wie es geschah – ein großes Tablett mit Tassen und Untertassen, einer Schale Würfelzucker, einem Krüglein Rahm und einer großen Kanne mit siedend heißem Tee. Dann rief er: »Fröhliche Weihnachten! Lang lebe der wahre König!« und knallte in der Ferne mit der Peitsche, ehe sie noch erfassten, dass er entschwunden war. Peter hatte schon sein Schwert aus der Scheide gezogen und schwang es vor dem Biber, da sagte die Biberin: »Aber, aber, steht da nicht schwatzend herum, bis der Tee kalt wird. Das sieht den Männern ähnlich. Wir wollen frühstücken.

Wie gut, dass ich mein Brotmesser mitgenommen habe.«

So kletterten sie wieder den Abhang hinunter in ihre Höhle. Der Biber schnitt Brot und belegte es mit Schinken. Die Biberin schenkte Tee ein und jeder freute sich über Speise und Trank. Sie hätten gerne noch länger verweilt, aber der Biber rief: »Höchste Zeit, aufzubrechen!«

Aslan naht

Unterdessen erlebte Edmund recht viel Enttäuschung. Als sich der Zwerg von dannen gemacht hatte, erwartete er, die Zauberin werde wieder so nett zu ihm sein wie bei ihrer ersten Begegnung. Sie jedoch sagte überhaupt nichts, und als Edmund endlich seinen Mut zusammennahm und bat: »Bitte sehr, Majestät versprachen mir doch ... versprachen mir doch türkischen Honig«, rief sie: »Schweig, Dummkopf!« Dann schien sie ihre Meinung zu ändern. Sie murmelte wie zu sich selbst: »Der Fratz darf mir unterwegs nicht schwach werden« und klatschte abermals in die Hände, worauf ein anderer Zwerg erschien.

»Bring diesem Menschengeschöpf Speise und Trank!«, befahl sie.

Der Zwerg ging und kehrte gleich darauf zurück. Er brachte in einer eisernen Schale Wasser und auf einem Eisenteller ein Stück trockenes Brot. Als er es auf den Fußboden neben Edmund setzte, grinste er widerlich und höhnte: »Hier ist der türkische Honig für den kleinen Prinzen. Hahaha!«

»Nimm das weg«, trotzte Edmund. »Ich will kein trockenes Brot.« Aber die Hexe drehte sich ihm mit einem so furchtbaren Gesichtsausdruck zu, dass er sich entschuldigte und langsam an dem Brot zu knabbern begann, obwohl es so hart war, dass er es kaum hinunterwürgen konnte.

»Du wirst noch dankbar daran zurückdenken, ehe du wieder Brot zu essen bekommst«, sagte die Hexe.

Während er still vor sich hin kaute, kam der erste Zwerg zurück und meldete: »Der Schlitten ist bereit.«

Die Weiße Hexe stand auf und ging hinaus. Sie befahl Edmund ihr zu folgen. Als sie auf den Hof hinaustraten, schneite es wieder einmal, aber die Hexe achtete nicht darauf und Edmund musste neben ihr im Schlitten Platz nehmen. Doch bevor sie losfuhren, rief sie Maugrim herbei. Er kam wie ein untertäniger Hund angetrottet.

»Nimm die schnellsten deiner Wölfe und laufe sofort zum Biberhaus«, befahl sie ihm. »Töte, wen du dort findest. Sind sie bereits unterwegs, so eile an den Steintisch, aber lass dich nicht blicken. Warte dort im Verborgenen auf mich. Ich muss inzwischen sehr, sehr weit nach Westen, bevor ich eine Stelle finde, wo ich den Fluss überqueren kann. Möglicherweise erreichst du die Menschengeschöpfe, bevor sie am Steintisch ankommen. Du weißt, was du zu tun hast, wenn du sie findest.«

»Ich höre und gehorche, o Königin«, knurrte der Wolf und schoss blitzgeschwind in Schnee und Dunkelheit hinaus, schneller als das beste Ross.

Nach ein paar Minuten hatte er einen andern Wolf herbeigelockt, rannte mit ihm zum Damm hinunter und sie schnüffelten um das Biberhaus herum. Natürlich fanden sie es leer. In einer klaren Nacht wäre es für die Kinder und die Biber schlimm gewesen. Dann hätten die Wölfe ihre Spur leicht verfolgen können und sie bestimmt eingeholt, ehe sie ihren Schlupfwinkel erreicht hätten. Durch den Neuschnee jedoch war die Fährte ausgekühlt, sogar die Fußspuren waren zugeweht.

Der Zwerg hieb auf die Rentiere ein und die Hexe und Edmund glitten durch den Torbogen in die Dunkelheit und die Kälte. Es war eine fürchterliche Fahrt für Edmund, der ohne Mantel war. Nach einer Viertelstunde war seine Brust ganz beschneit, und kaum hatte er den Schnee abgeschüttelt, so bedeckte er ihn von neuem. Und er war so müde. Bald war er wieder bis auf die Haut durchnässt. Ach, und wie unglücklich fühlte er sich! Es sah gar nicht mehr so aus, als wolle die Hexe ihn zum König machen. Was hatte er sich da alles eingeredet: wie gütig und freundlich sie wäre und dass sie im Recht sei. Jetzt erschien ihm das alles dumm und er hätte viel darum gegeben, in diesem Augenblick bei den andern zu sein, sogar bei Peter.

Es gab nur einen Trost: Vielleicht war alles nur ein böser Traum und er konnte jeden Augenblick erwachen, denn je länger sie fuhren, umso mehr ähnelte das Ganze einem Traum. Aber ach, er erwachte nicht. Er war wach und es war kein Traum.

Es dauerte viel länger, als ich zu beschreiben vermag, selbst wenn ich Seite auf Seite schriebe.

So will ich dort fortfahren, wo es zu schneien aufhörte, der Morgen anbrach und sie bei Tageslicht dahinglitten. Sie fuhren, fuhren immerzu. Er vernahm keinen anderen Laut als das unablässige Knirschen des Schnees und das Knarren des Zaumzeugs. Da endlich rief die Hexe:

»Halt an! Was ist da los?« Und sie blieben stehen.

Wie sehr hoffte Edmund, sie würde nun etwas von einem Frühstück sagen. Doch sie hatte aus ganz anderen Gründen halten lassen. Ein wenig abseits, am Fuß eines Baumes, war eine fröhliche Gesellschaft beisammen, nämlich ein Eichhörnchen mit seiner Frau und ihren Kindern, zwei Satyre, ein Zwerg und ein alter

Fuchs. Sie saßen auf Hockern um einen Tisch herum. Edmund sah nicht genau, was sie aßen, aber es roch herrlich; alles war mit Weihnachtsgrün und Stechpalmen geschmückt und es kam ihm vor, als erblicke er so etwas wie einen Christstollen mitten auf dem Tisch. Als der Schlitten hielt, erhob sich der Fuchs gerade. Er war offensichtlich der älteste unter den Anwesenden. Er hielt sein Glas in der Pfote und wollte eine Rede halten. Doch als der Schlitten hielt und die Versammelten erkannten, wer darin saß, wich alle Fröhlichkeit aus ihren Mienen. Vater Eichhörnchen blieb der Bissen in der Kehle stecken, er hatte die Gabel halb erhoben; einer der Satyre vergaß gar die Gabel aus dem Mund zu nehmen und die kleinen Eichhörnchen fingen an vor Schreck zu quieken.

»Was soll das bedeuten?«, fragte die Hexenkönigin. Keiner antwortete.

»Sprich, Ungeziefer! Oder soll mein Zwerg euch mit seiner Peitsche die Zunge lösen? Was soll diese Völlerei, diese Verschwendung und Ausgelassenheit? Woher habt ihr das?«

»Verzeihung«, begann der Fuchs. »Man schenkte es uns, ich bin so frei, auf die Gesundheit Eurer Majestät zu trinken.«

»Wer schenkte es euch?«, fragte die Zauberin wieder.

»Der Weih... der Weih... der Weihnachtsmann«, stammelte der Fuchs.

»Was?«, schrie die Hexe, sprang vom Schlitten und trat näher an die erschreckten Tiere heran. »Der war nicht hier! Der kann gar nicht hier gewesen sein! Was wagst du zu behaupten? Sag, dass du gelogen hast, ich will dir sogar jetzt noch verzeihn.«

Da verlor eines der kleinen Eichhörnchen völlig den Kopf. »Doch war er da, doch war er da«, schrillte das

Eichhörnchenkind und schlug mit seinem kleinen Löffel auf den Tisch. Edmund sah, wie sich die Hexe auf die Lippen biss und ihr ein roter Blutstropfen über das Kinn rann. Dann erhob sie ihren Stab. »Nicht doch, ach bitte, bitte nicht!«, schrie Edmund, aber obwohl er dagegenschrie, schwang sie den Stab – und die fröhliche Gesellschaft wurde zu Stein. Einige hielten ihre Steingabeln zum Munde und so blieben sie rings um den Steintisch und den versteinerten Christstollen sitzen. »Und das ist für dich«, schrie die Zauberin und schlug Edmund heftig ins Gesicht, während sie wieder in den Schlitten stieg. »Ich werde dich lehren, sich für Verräter und Spione einzusetzen. Vorwärts, weiter!«

Zum ersten Mal in dieser Geschichte bedauerte Edmund nicht nur sich selbst, sondern hatte auch Mitleid mit andern. Es machte ihn traurig, sich vorzustellen, so versteinert dazusitzen, stille Tage und dunkle Nächte hindurch, Jahr um Jahr, bis Moos über sie wuchs und ihre Gesichter schließlich verwitterten.

Sie fuhren ohne Halt weiter. Aber bald merkte Edmund, dass der Schnee, über den sie dahinglitten, viel nasser war als in der vergangenen Nacht. Er fror auch weniger, denn es war nebelig. Der Nebel wurde dichter und wärmer und der Schlitten glitt nicht mehr so mühelos dahin wie bisher. Zuerst glaubte er, die Rentiere seien erschöpft, doch bald erkannte er, dass dies nicht der Fall war. Der Schlitten schwankte und schleuderte und fuhr so holprig wie über Steine. Soviel der Zwerg auch auf die Rentiere einschlug, die Fahrt wurde langsamer und langsamer. Dazu hörte Edmund ringsum wunderliche Laute, doch bei dem Rütteln und Stoßen, dem Geschrei des Zwerges und seinem Anfeuern der Rentiere konnte er nicht erkennen, was es eigentlich war, bis der Schlitten plötzlich festsaß, so fest, dass er nicht weiterkonnte. Als das geschehen war, blieb es einen Augenblick lang ganz still. In dieser Stille konnte Edmund endlich genauer dem anderen Geräusch lauschen. Was war es nur? Es war ein wunderlich süßes Rieseln und Zwitschern, es war der Klang von fließendem Wasser, Murmeln, Plätschern und Sprudeln. Irgendwo unsichtbar in der Ferne rauschte es sogar. Er wusste nicht warum, doch ihm hüpfte das Herz im Leibe. Die Kälte war gewichen, näher, immer näher tönte es »tropf, tropf, tropf«, und als er einen Baum genau betrachtete, sah er, wie Schneelasten lautlos von ihm heruntерglitten. Ach, zum ersten Mal, seitdem er Narnia betreten hatte, sah er das dunkle Grün einer Tanne. Aber er konnte nicht länger schauen und lauschen, denn die Hexe rief:

»Starr nicht so vor dich hin, Dummkopf, steig aus und hilf ziehen!« Edmund musste gehorchen. So kletterte er in den Schnee hinaus, der wirklich nur noch Matsch war. Er half dem Zwerg den Schlitten aus dem Schlamm herauszuziehen, in dem er feststeckte. Endlich wurde der Schlitten wieder flott und mit furchtbarer Grausamkeit trieb der Zwerg die Rentiere derart an, dass es wieder ein Stück weiterging, aber bald war kaum noch Schnee vorhanden, überall tauchten Grasflächen auf. Man kann sich vorstellen, wie tief beeindruckt Edmund war, als er nach so viel Schnee endlich frische Rasenflächen sah. Da steckte der Schlitten wieder fest.

»Es geht nicht, Majestät«, klagte der Zwerg. »Bei solchem Tauwetter können wir unmöglich Schlitten fahren.«

»Dann müssen wir eben zu Fuß gehen«, erwiderte die Hexe.

»Zu Fuß werden wir sie niemals erreichen«, knurrte der Zwerg. »Bei dem Vorsprung, den sie haben.«

»Ich habe dich nicht um Rat gefragt«, fauchte die Hexe. »Tu, was ich dir befehle! Zerschneide das Gespann der Rentiere und lass sie laufen! Sie werden ihren Heimweg allein finden. Dann binde dem Menschengeschöpf die Hände auf dem Rücken mit dem Seil zusammen, nimm das Ende in die Hand und benutze deine Peitsche!«

Der Zwerg gehorchte. Er stieß Edmund aus dem Schlitten und nun musste der Junge mit gefesselten Händen laufen, so schnell er nur konnte. Er versank in Schlamm und Matsch, und jedes Mal wenn er ausrutschte, fluchte der Zwerg und ließ ihn die Peitsche fühlen.

Die Hexe ging hinter dem Zwerg und rief unablässig: »Schneller, schneller!«

Der Schnee schwand immer rascher dahin, das Gras wurde dichter, es breitete sich aus und die Bäume hatten alle weißen Schneehüllen abgeschüttelt. Wohin man blickte, überall war dunkles Tannengrün zu sehen, stachlige Zweige, vom Schnee befreite Eichen, Buchen und Ulmen. Dann verwandelte sich der weiße Nebel in Gold und gleich darauf klarte es auf. Sonnenstrahlen glitten über den Waldboden und durch die Baumkronen war schon ein Stück blauer Himmel sichtbar. Bald vollzogen sich weitere Wunder. Sie kamen zu einer Gruppe Silberbirken und Edmund sah den Boden ringsum mit kleinen gelben Sternblumen übersät. Der Lärm des rauschenden Wassers wurde stärker, jetzt überquerten sie einen schäumenden Bach, Schneeglöckchen wuchsen jenseits des Ufers.

Als Edmund den Kopf drehte um sie näher zu betrachten, zog der Zwerg den Strick heimtückisch an und rief: »Kümmere dich um dich selbst!« Doch das hinderte Edmund nicht sich umzuschauen. Wenige Minuten später sah er Krokusse. Sie blühten goldgelb, lila und weiß um einen alten Baum. Dann erklang ein noch süßerer Laut. Ein Vogel trillerte auf einem Baum neben ihrem Pfad. Aus der Ferne antwortete von allen Seiten ein Piepsen, Pfeifen, Zwitschern und Trillern. Der eine Ruf war nur der Auftakt zu einem vielstimmigen Singsang gewesen. Der ganze Wald war davon erfüllt, und wohin Edmund seine Augen auch richtete, auf allen Ästen saßen Vögel, flogen über ihn dahin, jagten einander, stritten ein wenig, putzten ihr Gefieder oder schnäbelten miteinander.

»Schneller, schneller!«, schrie die Hexe.

Keine Spur von Nebel war mehr vorhanden. Der Himmel wurde blauer und blauer. Dann und wann zogen weiße Wolken vorbei, und in den Wiesen blühten die Primeln. Eine leichte Brise erhob sich und schüttelte Tropfen von den schwankenden Zweigen auf die erhitzten Gesichter der Wandernden.

Die Bäume waren zu vollem Leben erwacht, die Birken und Lärchen mit Grün bedeckt, der Goldregen trug seine gelben Dolden. Eine Biene summte vor ihnen und flog quer über ihren Pfad.

»Das ist kein Tauwetter mehr!«, rief der Zwerg plötzlich und blieb stehen. »Das ist der Frühling. Was sollen wir nun machen? Mit Eurem Winter ist es aus. Ich sage Euch, das ist Aslans Werk! Das hat er getan.«

»Wer von euch noch ein Mal diesen Namen erwähnt, soll sofort sterben!«, schrie die Hexe.

Peters erster Kampf

Während der Zwerg und die Hexe so sprachen, gingen der Biber und die Kinder fern von ihnen Stunde um Stunde wie in einem schönen Traum dahin. Schon lange hatten sie ihre Mäntel abgelegt. Soeben blieben sie stehen und riefen sich gegenseitig zu: »Seht, ein Eisvogel!« – »Hallo, dort eine blaue Glockenblume!« – »Ach, und was riecht da so gut?« – »Horcht, eine Drossel!« Sie setzten ihren Weg fort und schwiegen wieder. Sie kamen über warme, von der Sonne beschienene Stellen, in grünes, kühlendes Dickicht, traten auf weite Moosflächen, wo schlanke Ulmen das blätterreiche Dach über ihren Köpfen ausbreiteten, und dann mitten hinein in dichte blühende Johannisbeersträucher; an Schlehdornhecken entlang, deren süßer Duft sie fast überwältigte.

Sie waren genauso überrascht wie Edmund, dass der Winter verschwunden war und der Wald sich in wenigen Stunden derart verwandelt hatte. Aus Januar war Mai geworden. Sie hatten im Gegensatz zu der Hexe nicht einmal geahnt, dass dies so kommen musste, sobald Aslan in Narnia war, aber sie alle wussten: Ihr böser Zauber hatte den endlosen Winter hervorgebracht; und so wussten sie auch, angesichts dieses berückenden Frühlings, dass etwas schief gegangen war, ganz schief mit den Plänen der Hexe. Und da es weitergetaut hatte, einige Zeit schon, war es ganz klar, dass sie den Schlitten nicht länger benutzen konnte. Folglich hatten sie weniger Eile und sie rasteten ausgiebiger, denn sie waren ziemlich müde, nicht eben erschöpft, nur träger und schläfriger. So ist einem zumute, wenn ein herrlicher langer Tag im Freien sich dem Ende zu neigt und man dies Ende bereits sieht. Suse hatte an einer Ferse eine kleine Blase.

Sie waren schon seit geraumer Zeit vom großen Fluss immer nach rechts abgewichen, sie wanderten nach Süden, um an den Ort des Steintisches zu kommen. Auch wenn es nicht ihr Weg gewesen wäre, hätten sie nicht länger im Flusstal bleiben können. Durch die Schneeschmelze war der Strom angeschwollen, eine tosende gelbe Flut wälzte sich vor ihnen und ihr Pfad wäre überschwemmt gewesen.

Die Sonne senkte sich, das Licht wurde rötlich und die Schatten länger. Die Blumen begannen sich zu schließen.

»Es dauert nicht mehr lange!«, sagte der Biber und führte sie über tiefes weiches Torfmoos bergan. Das weiche Moos war sehr angenehm unter ihren müden Füßen. Sie erreichten einen Platz mit hohen Bäumen, die weit auseinander wuchsen. Sie keuchten und schnauften bei diesem Aufstieg am Ende eines langen Tages, und als sie sich eben fragten, ob sie wohl noch auf die Höhe kämen ohne eine nochmalige lange Rast, waren sie plötzlich auch schon oben.

Was sahen sie da?

Sie standen auf einer grünen offenen Lichtung und konnten nach allen Seiten ausgedehnte Wälder sehen. Nur geradeaus, fern im Osten, bewegte sich etwas Glänzendes. »Donnerwetter«, flüsterte Peter Suse zu. »Das Meer!«

Oben auf dem Hügel stand der Steintisch, eine

mächtige Platte aus grauem Stein, von vier Steinpfeilern getragen. Sie sah sehr alt aus und war über und über mit seltsamen Linien und Figuren bedeckt. Es wurde einem ganz seltsam zumute, wenn man sie betrachtete, es mochten Buchstaben einer unbekannten Sprache sein. Das Nächste, was sie erblickten, war ein Zelt, das auf einer Seite der Hochfläche errichtet war, ein wunderbares Zelt, besonders jetzt, wo es in den Strahlen der untergehenden Sonne glänzte. Die Wände schienen aus gelber Seide zu sein, mit purpurnen Schnüren und elfenbeinernen Zeltpflöcken. Hoch darüber wehte von einem Mast das Banner, das einen aufgerichteten roten Löwen zeigte; ein leichter Wind blies vom fernen Meer. Er kühlte ihnen die Gesichter und bewegte die Flagge. Während sie das alles fast andächtig still betrachteten, hörten sie Musik. Als sie die Köpfe nach rechts wandten, sahen sie ihn.

Aslan stand da, inmitten einer Unzahl von Geschöpfen, die rund um ihn im Halbkreis versammelt waren. Baum- und Quellweibchen, in unserer Welt Dryaden und Najaden genannt, hielten die Saiteninstrumente, und sie waren es, die die Musik machten. Da gab es vier großmächtige Zentauren. Ihre Pferdekörper glichen Ackergäulen, aber ihre Menschenkörper schönen, strengen Riesen. Auch ein Einhorn war da und ein Stier mit einem Menschenhaupt, ein Pelikan, ein Adler und ein großer Hund. Zu Aslans Füßen saßen zwei Leoparden, der eine trug die Krone, der andere die Standarte des Löwen.

Die Biber und die drei Kinder wussten nicht, was sie machen sollten, als sie Aslan erblickten. Wer nicht zuweilen in Narnia gelebt hat, kann sich nicht vorstellen, dass etwas gut und zugleich Furcht erregend sein kann. Hatten die Kinder sich das bisher ebenso wenig vorstellen können, nun konnten sie es. Sie versuchten Aslan ins Antlitz zu sehen, doch kaum hatten sie einen Schimmer seiner goldenen Mähne und der großen, königlichen Augen gesehen, so fanden sie auch schon, sie könnten ihn nicht länger anblicken, denn sie bebten innerlich vor Ergriffenheit.

»Geh voraus«, flüsterte der Biber.

»Nein«, wisperte Peter, »Sie zuerst!«

»Die Adamssöhne kommen vor den Tieren«, raunte der Biber.

»Suse«, flüsterte Peter. »Wie wäre es mit dir? Damen zuerst!«

»Nein, du bist der Älteste«, wisperte Suse. Aber je länger sie zögerten, umso verlegener wurden sie. Schließlich beschloss Peter den ersten Schritt zu wagen, zog sein Schwert, hob es zum Gruß und winkte den anderen: »Kommt mit!

Er trat vor den Löwen hin und sagte: »Hier sind wir, Aslan.«

»Sei mir willkommen, Peter, Adamssohn, willkommen Suse und Lucy, ihr Evastöchter, willkommen Biber und Biberin.«

Seine Stimme war tief und voll. Alle Erregung wich von ihnen. Sie empfanden keine Verlegenheit mehr, als sie jetzt dastanden und gar nichts sagten.

»Doch wo ist der vierte?«, fragte Aslan.

»Oh, Aslan«, sagte der Biber, »er versuchte die Kinder zu verraten und verbündete sich mit der Weißen Hexe.«

Peters Ehrlichkeit aber zwang ihn zu sagen: »Es war wohl teilweise mein Fehler, Aslan. Ich war ärgerlich auf ihn und das trug dazu bei, dass er ein Unrecht tat.«

Aslan erwiderte nichts, nichts um Peter zu entschuldigen, nichts um ihn zu tadeln, er schaute ihn bloß mit seinen großen unverwechselbaren Augen an, und allen schien es richtig, nicht weiter darüber zu sprechen.

»Bitte, Aslan«, bat Lucy, »kann man Edmund retten?«

»Es soll alles getan werden«, antwortete Aslan. »Doch es wird schwerer sein, als ihr denkt.« Dann schwieg er wieder eine Weile. Bis zu diesem Augenblick dachte Lucy, wie kraftvoll, wie friedlich sieht doch sein Antlitz aus. Nun aber kam ihr in den Sinn, dass es auch voll Schwermut war, doch gleich im nächsten Augenblick war dieser Eindruck gänzlich verwischt. Der Löwe schüttelte seine Mähne, klatschte die Pfoten zusammen – schreckliche Pfoten, dachte Lucy, wenn er nicht samtig damit umginge – und sprach:

»Bereitet unterdessen die Feier vor! Nehmt diese Töchter Evas in das Zelt, gebt ihnen zu essen und bedient sie.«

Als die Mädchen gegangen waren, legte Aslan seine Pfote auf Peters Schulter – und obwohl sie samtweich war, wog sie doch sehr schwer. »Komm, Adamssohn«, sagte er, »ich will dir von ferne das Schloss zeigen, wo du König sein wirst.«

Und Peter, noch immer das bloße Schwert in der Hand, ging mit dem Löwen zum Ostrand des Gipfels. Die Sonne ging hinter ihnen unter, das ganze Land lag im Abendlicht, Wälder, Hügel und Täler, und wie eine silberne Schlange wand sich der große Strom. Einige Meilen entfernt glitzerte das Meer und über dem Meer war der Himmel voller Wolken, die sich im Sonnenschein rosa färbten. Es war ein herrlicher Anblick. Aber dort, wo das Land Narnia mit dem Meer zusammenstieß, an der Mündung des Stromes, leuchtete etwas auf einem kleinen Hügel, es war ein Schloss. Es leuchtete, während sich die Sonne in seinen Fenstern widerspiegelte.

Es liegt wie ein großer Stern auf dem Strand, dachte Peter.

»Das ist Feeneden, das Schloss der vier Throne«, sprach Aslan feierlich. »Auf einem Thron wirst du als König sitzen, denn du bist der Erstgeborene und wirst der oberste Herrscher sein.«

Wiederum sagte Peter nichts, denn im gleichen Augenblick unterbrach ein merkwürdiges Geräusch die Stille. Es glich einem Jagdhorn, nur war der Klang voller.

»Das ist das Horn deiner Schwester«, erklärte Aslan mit leiser Stimme. (Sie klang fast wie ein Schnurren, doch ist es unangebracht, einen Löwen mit einer Katze zu vergleichen.)

Zuerst verstand Peter ihn nicht. Dann sah er, wie die anderen Geschöpfe alle in einer Richtung vorwärts eilten. Aslan jedoch winkte ihnen mit seiner Pfote. »Zurück mit euch! Der Prinz soll sich seine Sporen verdienen.« Da begriff er alles und rannte, so schnell er nur konnte, zu dem Zelt zurück. Was er sah, war fürchterlich.

Die Najaden und Dryaden stoben nach allen Richtungen auseinander, Lucy lief auf Peter zu, so schnell sie ihre kleinen Beine nur tragen konnten. Ihr Gesicht war kreidebleich. Dann sah er, wie Suse auf einen Baum zusprang und sich hinaufschwang, ein ungeheuer großes graues Tier verfolgte sie. Zuerst hielt Peter das Tier für einen Bären, dann für einen Wolfshund, doch eigentlich war es dafür viel zu groß, und nun wurde ihm klar: Es war ein Wolf! Er stand auf seinen Hinterpfoten, die Vorderpfoten an den Baumstamm gestützt. Er schnappte und fauchte, die Haare auf seinem Rücken sträubten sich. Suse war nicht höher gekommen als bis zum zweiten dicken Ast. Ein Bein hing so weit herunter, dass ihr Fuß nur wenig von den schnappenden Wolfszähnen entfernt war. Peter fragte sich: Warum klettert sie nicht höher, um einen besseren Halt zu finden? Da merkte er, dass sie vor Angst fast ohnmächtig und in Gefahr war, hinunterzustürzen.

Peter fühlte sich gar nicht sehr mutig. Es wurde auch ihm wirklich schlecht vor Angst, aber ohne sie zu beachten, tat er genau das, was er tun musste: Er stürzte sich auf das Ungeheuer und versetzte ihm mit seinem Schwert einen Schlag. Schnell wie der Blitz drehte sich der Wolf nach ihm um. Der Schlag hatte ihn nicht arg getroffen, doch seine Augen funkelten, sein Maul stand weit offen, er heulte vor Wut. Er war so wütend, dass ihm nichts anderes einfiel als loszuheulen, anstatt Peter sofort an die Kehle zu springen. Peter hatte keine Zeit, zu überlegen, es ging alles viel zu rasch. Er beugte sich vor und stieß sein Schwert, so stark er nur konnte, dem Wolf zwischen den Vorderpfoten mitten ins Herz hinein. Ein beklemmender Augenblick der furchtbarsten Verwirrung folgte und alles war wie ein böser Traum. Der Wolf schien weder tot noch lebendig, seine gefletschten Zähne stießen gegen Peters Stirn, der zerrte und rüttelte das Tier, sah nichts als Blut und fühlte heißen Dunst und wildes Fell. Doch zu guter Letzt merkte er, dass das Ungeheuer verendet war. Peter zog und riss, und als er das Schwert aus der Wunde gezogen hatte, richtete er sich auf, streckte seinen Rücken, rieb sich den Schweiß aus dem Gesicht und die Tränen aus den Augen. Er fühlte sich elend und war vollständig erschöpft.

Nach einer kleinen Weile kam dann Suse vom Baum herunter. Peter und sie waren tief ergriffen, umarmten und küssten sich und weinten dabei. Keiner in Narnia schämte sich dieser Tränen.

»Schnell, schnell«, erscholl Aslans Stimme. »Zentaur, Adler, dort hinten im Dickicht sehe ich einen anderen Wolf. Ihm nach, alle zusammen! Er wird zu seiner Herrin eilen. Jetzt ist euer Augenblick gekommen, die Hexe aufzuspüren und den vierten Adamssohn zu befreien.« Augenblicklich verschwanden die schnellsten der Geschöpfe mit donnernden Hufen und rauschenden Flügeln in der zunehmenden Dunkelheit.

Peter, noch immer nach Atem ringend, drehte sich um und sah Aslan neben sich.

»Du hast vergessen dein Schwert zu reinigen.«

Tatsächlich, Peter errötete, als er auf die funkelnde Klinge blickte, die von Blut und Wolfshaaren ganz verschmiert war. Er bückte sich nieder, wischte sie mit Gras sauber und rieb sie zuletzt mit seinem Mantel ab.

»Gib mir dein Schwert, Adamssohn«, befahl Aslan, und als Peter es tat, gab Aslan ihm mit der flachen Klinge den Ritterschlag und sprach: »Erhebe dich, Ritter Peter Wolfsgeißel, und was immer auch geschieht, vergiss niemals dein Schwert zu reinigen.«

Tiefer Urzauber aus der Zeiten Dämmerung

Nun wieder zu Edmund. Nachdem man ihn gezwungen hatte viel weiter zu gehen, als er überhaupt jemals für möglich gehalten hätte, dass man laufen könne, machte die Hexe endlich in einem dunklen Tal, welches dicht beschattet von Tannen und Eiben war, Halt. Edmund ließ sich zu Boden fallen und blieb mit dem Gesicht auf der Erde liegen. Er konnte kein Glied mehr rühren, spürte nicht einmal Hunger und Durst mehr. Er war zu müde. Es kümmerte ihn nicht, was um ihn herum geschah, wenn sie ihn nur ruhig liegen ließen. Dicht neben ihm flüsterten die Hexe und der Zwerg miteinander.

»Nein«, sagte der Zwerg. »Es ist nicht mehr möglich, o Königin! Sie müssen den Steintisch inzwischen erreicht haben.«

»Vielleicht spürt uns der Wolf auf und überbringt Nachrichten«, meinte die Hexe.

»Die Nachrichten können nicht gut sein«, antwortete der Zwerg.

»Vier Throne sind in Feeneden«, murmelte die Hexe. »Wenn nun nur drei besetzt sind? Dann ist die Prophezeiung nicht voll erfüllt.«

»Was macht das schon für einen Unterschied, da ER hier ist«, sagte der Zwerg. Selbst jetzt wagte er nicht den Namen Aslan vor seiner Herrin auszusprechen.

»Möglicherweise bleibt er nicht lange, dann könnten wir die drei auf Feeneden überfallen.«

»Wäre es nicht viel besser«, meinte der Zwerg, »den da zu behalten?« Hier gab er Edmund einen Fußtritt. »Wir könnten ihn als Geisel benutzen.«

»Und ihn dadurch retten!«, höhnte die Zauberin.

»Dann sollten wir besser, was getan werden muss, sofort tun«, zischte der Zwerg.

»Ich hätte es lieber auf dem Steintisch getan«, meinte die Zauberin. »Das ist der rechte Ort dafür. Seit jeher geschah es dort.«

»Es kann lange dauern, bis der Steintisch uns wieder zugänglich ist«, sagte der Zwerg.

»Das ist wahr!« antwortete die Hexe. »Also los«, fuhr sie fort, »fangen wir damit an.«

In diesem Augenblick stürzte fauchend und schnaubend ein Wolf auf sie zu und keuchte mit versagender Stimme:

»Ich hab sie gesehn. Am Steintisch sind alle mit ihm zusammen. Sie haben meinen Hauptmann Maugrim umgebracht. Ich war im Gebüsch verborgen und habe alles mit angesehn. Einer der Adamssöhne tötete ihn. Flieht, flieht!«

»Nein«, schrie die Hexe, »keine Flucht! Lauf rasch und biete alle meine Verbündeten auf. Sie sollen so schnell wie möglich zu mir hierher kommen. Rufe sie auf, die Riesen und Werwölfe, die Geister aller Bäume, die auf unserer Seite stehn. Rufe sie auf, die Gespenster und Menschenfresser, hole sie, die Stierleibigen und Phantome, die Vampire und Dämonen, die Hexen, Furien und das Volk der Giftpilze! Wir werden kämpfen! Wozu habe ich immer noch meinen Zauberstab? Kann ich ihre Reihen nicht, wenn sie anstürmen, in Stein verwandeln? Rasch, eile von dannen! Wenn du weg bist, habe ich noch eine Kleinigkeit hier zu vollenden.«

Das große Tier verneigte sich vor ihr, machte kehrt und lief davon.

»Und nun lass mich überlegen«, begann die Hexe. »Wir haben keinen Tisch, aber wir können das Nötige ebenso gut an einem Baum vollziehn.«

Edmund wurde mit roher Gewalt auf die Beine gestellt, dann schob ihn der Zwerg mit dem Rücken an einen Baum und band ihn fest. Er sah, wie die Hexe ihren Mantel abnahm. Ihre Arme darunter waren völlig nackt und unheimlich weiß. Es war so dunkel im Tal unter den Bäumen, er konnte nichts anderes erkennen als dieses furchtbare Weiß.

»Bereite das Opfer«, befahl die Hexe. Der Zwerg öffnete Edmunds Halskragen und schlug das Hemd im Nacken zurück. Dann packte er Edmund am Haar und riss seinen Kopf nach hinten, sodass Edmund das Kinn heben musste. Gleich darauf vernahm er ein seltsames Geräusch: ritsch, ratsch, ritsch, ratsch. Zuerst wusste er nicht, was es war. Dann begriff er: Sie schliff ein Messer.

Aber gerade in diesem schrecklichen Augenblick hörte er von allen Seiten laute Rufe, Hufgeklapper, Flügelrauschen, einen Wutschrei der bösen Hexe, ringsum ein wüstes Durcheinander, und dann wurde er losgebunden. Feste Arme schlangen sich um ihn und er hörte beruhigende, freundliche Stimmen.

»Legt ihn nieder!« – »Gebt ihm Wein!« – »Trink das!« – »Nur ruhig!« – »In einer Minute bist du wieder wohlauf.«

Dann sprachen die Stimmen nicht mehr zu ihm, sondern untereinander. »Wo ist die Hexe?« – »Ich dachte, du hast sie?« – »Ich schlug ihr das Messer aus der Hand und sah sie danach nicht mehr. Ich war hinter dem Zwerg her … glaubst du, sie ist entflohen? Man kann doch nicht an alles auf einmal denken!« – »Da, was ist das? Ach, entschuldige, es ist nur ein alter Baumstumpf.« Aber dann fiel Edmund in tiefe Ohnmacht.

Kurz darauf zogen die Zentauren, Einhörner, die Hirsche und alle Vögel, die Aslan zu Edmunds Befreiung ausgeschickt hatte, wieder ab und nahmen ihn mit, um an den Steintisch zurückzukehren. Hätten sie gesehen, was sich nach ihrem Abzug in dem Tal ereignete, ich glaube, sie hätten sich sehr gewundert …

Es war vollkommen still geworden ringsumher, bald ließ sich der Mond wieder sehen. Wärt ihr dort gewesen, so hättet ihr im Mondlicht vielleicht einen alten Baumstumpf und einen ziemlich dicken Felsblock bemerkt. Mit dem Baumstumpf und dem Felsblock stimmte etwas nicht. Der Stumpf glich einem kleinen fetten, auf dem Boden kauernden Mann, und hättet ihr genauer hingesehen, wärt ihr nachdenklich geworden, und ihr hättet beobachtet, wie der Baumstumpf zum Felsblock hinüberging. Dieser erhob sich und fing an mit dem Stumpf zu reden, denn in Wirklichkeit waren der Baumstumpf und der Felsblock nichts anderes als die Hexe und der Zwerg. Es war ihr Zauberwerk, dass sie die Dinge anders erscheinen ließ, als sie waren. Und im entscheidenden Augenblick, als man ihr das Messer aus der Hand geschlagen hatte, benutzte sie rasch ihren Zauberstab und rettete sich und zugleich den Zwerg und natürlich auch den Stab.

Als die anderen Kinder am nächsten Morgen aufwachten – sie hatten in dem Zelt auf ganzen Bergen von Kissen geschlafen –, hörten sie als Erstes von der Frau Biberin, dass ihr Bruder vergangene Nacht gerettet und in das Lager gebracht worden war. Gerade sei er bei Aslan. Nachdem sie gefrühstückt hatten, gingen sie hinaus und sahen Aslan und Edmund im taufrischen Gras miteinander auf und ab spazieren. Sie hatten sich von den übrigen Hofleuten abgesondert, und es ist gar nicht notwendig, euch zu erzählen – zumal es ja niemand hörte –, was Aslan und er zusammen sprachen; doch vergaß Edmund diese Unterredung niemals. Als die Übrigen sich Aslan näherten, wandte sich dieser ihnen zu um sie zu begrüßen, Edmund an seiner Seite.

»Hier habt ihr euren Bruder zurück«, begann er. »Es ist überflüssig, mit ihm über das Vergangene zu sprechen.«

Edmund schüttelte jedem die Hand und sagte einem nach dem andern: »Es tut mir Leid, verzeiht mir!« Und jeder antwortete: »Schon recht!« Und dann wollte jeder noch gern einige gute Worte sagen, etwas ganz Einfaches und Natürliches, Edmund sollte wissen, dass sie ihm nichts nachtrugen. Natürlich fiel keinem etwas Rechtes ein, und bevor sie noch Zeit hatten, in Verlegenheit zu geraten, trat einer der Leoparden auf Aslan zu und berichtete:

»Herr, ein Bote ist vom Feind gekommen und bittet um Gehör.«

»Lass ihn näher treten«, sagte Aslan.

Der Leopard lief fort und kam bald mit dem Zwerg der Hexe zurück.

»Was bringst du für eine Botschaft, Sohn der Erdtiefe?«, fragte Aslan.

»Die Königin von Narnia, die Kaiserin der Einsamen Inseln, wünscht sicheres Geleit, um mit Euch zu reden«, antwortete der Zwerg, »was für Euch beide gleich wichtig ist.«

»Königin von Narnia?«, brummte der Biber. »So eine Unverschämtheit!«

»Halt Frieden, Biber«, ermahnte Aslan. »Bald wird

alles den Namen haben, der ihm zukommt, inzwischen wollen wir nicht darüber streiten. Sage deiner Herrin, Erdsohn, dass ich ihr sicheres Geleit zubillige, unter der Bedingung, dass sie ihren Stab bei jener großen Eiche dort zurücklässt.«

Dies wurde zugesichert, und die beiden Leoparden begleiteten den Zwerg auf seinem Rückweg, um sich zu überzeugen, dass die Bedingung wirklich eingehalten wurde.

»Hoffentlich versteinert sie die beiden Leoparden nicht«, flüsterte Lucy Peter zu. Ich glaube, die Leoparden fürchteten sich auch. Sie liefen mit gesträubtem Fell und ihr Schwanz schlug unruhig hin und her wie bei einer Katze, die einem fremden Hund begegnet.

»Es wird alles gut gehen«, wisperte Peter zurück. »Aslan hätte sie sonst nicht geschickt!«

Wenige Minuten später schritt die Hexe selbst den Hügel herauf und trat geradewegs vor Aslan hin. Den drei Kindern, die sie nie zuvor gesehen hatten, lief es eiskalt den Rücken hinunter, als sie ihr ins Gesicht blickten. Unter den Tieren entstand Unruhe, trotz des hellen Sonnenscheins froren sie plötzlich alle. Nur Aslan und die Hexe selbst schienen ganz ruhig. Es war merkwürdig, das goldene Antlitz Aslans und das totenblasse Gesicht der Hexe so nahe beieinander zu sehen. Immerhin – das fiel der Biberin besonders auf – konnte die Hexe Aslan nicht recht in die Augen blicken.

»Ihr habt einen Verräter bei euch, Aslan«, begann die Hexe. Jeder wusste sofort, dass sie Edmund meinte. Edmund selbst aber, der nach allem, was hinter ihm lag, und besonders seit der Unterredung am Morgen, nicht mehr unablässig an sich selbst dachte, blickte Aslan ruhig an. Was die Hexe sagte, schien ihn nicht zu berühren.

»Sein Verrat richtet sich nicht gegen Euch«, bemerkte Aslan.

»Hast du den tiefen Urzauber der dämmernden Vorzeit vergessen?«, fragte die Hexe.

»Nimm an, ich hätte ihn vergessen«, antwortete Aslan würdevoll. »Erzähl uns davon!«

»Dir davon erzählen!«, schrie die Hexe, ihre Stimme wurde immer schriller. »Dir erzählen, was hier gerade neben uns auf dem Steintisch eingegraben ist? Sind diese Buchstaben nicht so tief eingeritzt wie eine Speerbreite? Eingeritzt auf dem Feuerstein des Geheimen Hügels! Dir erzählen, was auf dem Zepter des Herrschers jenseits der Meere eingeätzt wurde? Du kennst den tiefen Urzauber, den der Herr der Herren bei Weltbeginn Narnia auferlegt hat. Du weißt genau, dass jeder Verräter laut Gesetz mir gehört, dass ich das Recht habe, jeden Treuebruch zu richten. Ich habe das Recht, zu töten. Du bist der Letzte, der das vergisst.«

»Oooh«, stöhnte der Biber. »Oooh, deshalb bildet sie sich ein, Königin zu sein, weil sie die Henkerin des Herrn der Herren ist.«

»Halt Frieden, Biber«, ermahnte Aslan leise grollend.

»Und deshalb«, fuhr die Hexe fort, »gehört dieses Menschenwesen mir. Sein Leben ist mir verfallen und sein Blut ist mein Eigentum.«

»Komm her und nimm ihn dir!«, brüllte der Stier mit Menschenkopf.

»Du Narr«, sagte die Hexe mit einem Gelächter, das sich fast wie Schnauben anhörte. »Glaubst du wirklich, dein Herr könnte mich durch stärkere Kräfte meiner Rechte berauben? Er kennt den Urzauber besser. Er weiß, dass ganz Narnia von Feuer und Wasser verzehrt wird und untergeht, wenn ich kein Blut habe, nach dem Geheiß des Gesetzes.«

»Das ist wirklich wahr«, sagte Aslan leise. »Ich leugne es nicht.«

»O Aslan«, flüsterte Suse dem Löwen ins Ohr. »Könnten wir, wünschst du, willst du, dass wir etwas gegen den Urzauber unternehmen? Kannst du nicht etwas dagegen tun?«

»Etwas tun gegen den Willen des Herrn der Herren?« Aslan wandte sich ihr mit gerunzelter Stirne zu und keiner versuchte einen neuen Vorschlag.

Edmund stand an Aslans Seite. Er blickte ihn die ganze Zeit unverwandt an, aber die Worte blieben ihm in der Kehle stecken. Er erkannte, dass man von ihm nichts anderes erwartete, als zu erdulden, was verlangt wurde.

»Tretet alle zurück«, befahl Aslan, »und lasst mich mit der Hexe allein!«

Sie gehorchten. Dieses Warten, die Ungewissheit, diese schreckliche Spannung, während der Löwe und die Hexe leise miteinander redeten, waren entsetzlich. Lucy stöhnte. »O armer Edmund«, klagte sie und weinte. Peter drehte den anderen den Rücken zu und starrte auf das ferne Meer. Die Biber hielten sich mit geneigten Köpfen an den Pfoten, die Zentaure stampften unruhig mit den Hufen. Doch schließlich wurde es still, so still, dass man jeden leisesten Ton vernommen hätte, das Fallen eines Blattes im Wind, das Vorbeistreichen einer Hummel oder einen Vogelruf, tief unten im Wald. Und noch immer währte das Gespräch zwischen Aslan und der Hexe. Endlich hörten sie Aslans Stimme. »Ihr könnt alle zurückkommen. Ich habe es geordnet. Sie verzichtet auf das Blut eures Bruders.«

Ein Aufatmen ging durch die versammelten Scharen, die so lautlos auf dem Hügel verharrt hatten. Dann begannen alle untereinander zu murmeln.

Die Hexe, schon im Fortgehen, drehte sich mit einem Ausdruck wilden Triumphes noch einmal um und rief:

»Doch woher weiß ich, ob das Versprechen eingehalten wird?«

Da erhob sich Aslan, öffnete weit seinen mächtigen Rachen, ließ seine Stimme hören und der brüllende Donner wurde lauter und lauter. Einen Atemzug lang starrte ihn die Hexe mit offenem Munde an, dann hob sie ihre Röcke hoch und rannte, als ginge es um ihr Leben.

Die Hexe triumphiert

Die Hexe war kaum verschwunden, da sagte Aslan: »Wir müssen sofort aufbrechen, dieser Ort hat einem anderen Zweck zu dienen. Wir werden heute Nacht beim Berunafjord unser Lager aufschlagen.«

Natürlich hätte jeder für sein Leben gern gewusst, was Aslan mit der Hexe abgemacht hatte, aber sein Antlitz war streng und der Donner seiner Stimme klang noch in allen Ohren nach, keiner wagte eine Frage.

Nachdem sie auf der Höhe des Hügels im Freien geschmaust hatten – die Sonne war schon heiß und trocknete das Gras –, waren sie eine Weile eifrig damit beschäftigt, das Zelt abzubrechen und alles einzupacken. Kurz nach dem Mittagessen wanderten sie nordwärts. Sie gingen gemächlich, denn ihr Weg war nicht weit.

Unterwegs erklärte Aslan Peter sein Vorhaben: »Sobald sie hier durchgesetzt hat, was sie wollte, wird sie sich mit ihrer Sippschaft ziemlich sicher in ihre Behausung zurückziehen und sich dort auf eine Belagerung vorbereiten. Es ist nun die Frage, ob du sie daran hindern kannst oder nicht. Es gibt zwei Möglichkeiten: Du kannst gegen die Hexe und ihre Sippschaft hier im Wald kämpfen oder ihren Sitz angreifen.« Auf der ganzen Wanderung unterwies er Peter in den Dingen, die er unternehmen sollte. Er riet ihm: »Du musst Späher ausschicken, die genau beobachten, was sie unternimmt, und die Zentaure musst du da und dort aufstellen.«

»Ihr selbst werdet doch dabei sein, Aslan?«, fragte Peter.

»Das kann ich dir nicht versprechen«, antwortete der Löwe und dann gab er ihm weitere Ratschläge.

Erst am Ende des Weges gelang es Suse und Lucy, neben Aslan zu gehen, aber er sprach nicht viel. – Er schien ihnen traurig.

Es war noch Nachmittag, als sie zu der Stelle gelangten, wo das Flusstal breiter wurde und der Strom seichter und langsamer floss. Hier war der Fjord von Beruna und Aslan gab Befehl, auf dem diesseitigen Ufer Halt zu machen.

Doch Peter fragte: »Wäre es nicht ratsamer, auf der anderen Seite zu lagern? Ich fürchte, die Hexe wird versuchen während der Nacht anzugreifen.« Aslan, der allem Anschein nach seine Gedanken ganz wo anders hatte und zerstreut und abwesend schien, schüttelte seine herrliche Mähne und fragte: »Was hast du gesagt?« Peter wiederholte.

»Nein, in dieser Nacht wird sie nicht angreifen«, antwortete Aslan mit tonloser Stimme, aber bald danach fügte er hinzu: »Dein Vorschlag war richtig, so hat ein Soldat zu überlegen, doch in Wirklichkeit hat es nichts zu besagen.«

Und so gingen sie daran, ihr Lager aufzuschlagen. Aslans Schwermut übertrug sich an dem Abend auf alle. Peter war bang, den Kampf allein auszufechten. Dass er ohne Aslan zurechtkommen müsse, war ein schwerer Schlag für ihn. Das Abendessen ging in Stille vorbei und alle empfanden den großen Unterschied zwischen der gestrigen Nacht und dem heutigen Morgen. Die gute Zeit, soeben erst angebrochen, war schon wieder zu Ende.

Suse empfand dies so schwer, dass sie nicht schlafen konnte. Sie lag da und zählte Schäfchen bis hundert und nochmals bis hundert, drehte sich um und noch einmal um, und da hörte sie Lucy in der Dunkelheit einen langen Seufzer ausstoßen. Sie wandte sich ihr zu:

»Kannst du auch nicht schlafen?«

»Nein«, antwortete Lucy. »Ich dachte, du schläfst. Hör einmal, Suse!«

»Was gibt's denn?«

»Ich habe ein schreckliches Gefühl, so als ob uns etwas Furchtbares drohte.«

»Ich auch.«

»Es hat mit Aslan zu tun«, setzte Lucy fort. »Entweder steht ihm etwas Grässliches bevor oder er selbst tut etwas Schreckliches.«

»Heute Nachmittag war etwas mit ihm nicht in Ordnung«, flüsterte Suse. »Ach, Lucy, was meint er damit, dass er nicht mit uns sein wird, wenn der Kampf losgeht? Glaubst du am Ende, er will heimlich fort und lässt uns im Stich?«

»Wo ist er nur?«, fragte Lucy. »Hier im Zelt?«

»Ich glaube kaum.«

»Suse, gehn wir hinaus und schauen wir uns um. Vielleicht sehn wir ihn.«

»Meinetwegen, das ist genauso gut, wie wenn wir hier wach liegen.«

Recht behutsam suchten sich die beiden kleinen Mädchen ihren Weg zwischen den anderen Schläfern und schlichen hinaus. Der Mond war hell und alles war sehr still bis auf den Fluss, der über die Steine plätscherte.

Da packte Suse Lucys Arm. »Schau!«

Weit vom Lager, genau dort, wo der Wald beginnt, sahen sie im Mondschein den Löwen, wie er langsam schritt, weg von ihnen in das Dickicht hinein. Wortlos folgten sie ihm. Er verließ das Flusstal, stieg einen steilen Abhang hinauf und wählte anscheinend denselben Weg, den sie nachmittags Hügel abwärts vom Steintisch aus gekommen waren.

Weiter und immer weiter folgten sie ihm, durch dunklen Schatten in helles Mondlicht hinein. Der Tau nässte ihre Füße. Es war nicht mehr der Aslan, den sie kannten. Kopf und Schweif waren gesenkt und er schritt so langsam, als sei er sehr, sehr müde. An einer lichten Stelle, wo keinerlei Schatten die Kinder verbarg, blieb Aslan stehen und blickte sich um. Es war nicht mehr möglich, wegzulaufen, so traten sie auf ihn zu.

»Oh, Kinder, Kinder, warum folgt ihr mir?«

»Wir konnten nicht schlafen«, antwortete Lucy. Es war sicher nicht notwendig, Aslan mehr zu sagen. Er wusste immer alles, was sie dachten.

»Willst du uns nicht erlauben mit dir zu kommen, wohin du auch gehn magst?«, bat Suse.

»Hm«, machte Aslan und schien nachdenklich. »Ich wäre froh, diese Nacht nicht allein zu sein. Gut, kommt mit, aber ihr müsst mir versprechen, mich meinen Weg allein weitergehn zu lassen, sobald ich es euch sage.«

»Oh, danke schön, oh, vielen Dank«, sagten die Mädchen. »Wir versprechen es.«

Sie gingen wieder weiter, die eine auf der linken, die andere auf der rechten Seite des Löwen. Aber wie langsam ging er!

Plötzlich stolperte er und stöhnte tief auf.

»Aslan, lieber Aslan«, sagte Lucy. »Was hast du nur? Kannst du es uns nicht sagen?«

»Bist du krank, lieber Aslan?«, fragte Suse.

»Nein«, antwortete Aslan. »Legt eure Hände auf meine Mähne, damit ich fühle, dass ihr da seid, und dann wollen wir weitergehn.«

Ohne Aslans Erlaubnis hätten sie nie gewagt ihn zu berühren, aber von der ersten Begegnung an hatten sie sich gewünscht, ihn zu streicheln und mit den Händen in seine prachtvoll wallende Mähne zu greifen. Nach einer Weile merkten sie, dass sie den Hang zum Steintisch hinaufstiegen.

Sie gingen bis dorthin, wo die Bäume fast bis zur Anhöhe wachsen, und als sie den letzten Baum erreicht hatten – er war von Unterholz umgeben –, blieb Aslan stehen und sprach:

»Kinder, liebe Kinder, hier müsst ihr zurückbleiben. Und was auch immer geschieht, lasst euch nicht blicken. Lebt wohl!«

Die beiden Mädchen weinten bitterlich, obwohl sie kaum wussten warum. Sie umarmten den Löwen, streichelten seine Mähne, seine Pfoten und blickten in seine großen traurigen Augen. Dann wandte er sich von ihnen ab und trat auf die Rasenfläche hinaus. Suse und Lucy kauerten im Gebüsch und schauten ihm nach.

Dies ist, was sie sahen:

Um den Steintisch herum stand ein dichtes Gewimmel seltsamer Wesen, und obwohl der Mond schien, trug manch einer von ihnen Fackeln, die mit düsteren roten Flammen und schwarz schwelendem Rauch flackerten.

Aber ach, was für Wesen waren das: Menschenfresser mit ungeheuren Hauern, riesige Wölfe und stierköpfige Männer, die Geister unguter Bäume und giftiger Pflanzen, Wüteriche und Hexen, Nachtmahre, Gespenster, Lemuren und Furien, Unholde, Albe, Kobolde, Schwarzelben, Schratte, Dämonen, Vampire und anderes unbeschreibliches Getier. Das waren die Anhänger der Hexe und sie waren auf ihr Geheiß vom Wolf herbeigerufen worden. Mitten unter ihnen, aufrecht neben dem Tisch, stand die Hexe.

Als sie den großen Löwen herankommen sahen, hob zuerst ein bestürztes Heulen und Jaulen an und einen Augenblick lang schien sogar die Hexe vor Schreck erstarrt zu sein. Dann riss sie sich zusammen und stieß ein grimmig wildes Lachen aus.

»Der Narr«, schrie sie, »der Narr ist gekommen! Fesselt ihn!«

Lucy und Suse hielten den Atem an. Sie warteten auf Aslans Donnergegroll, sie hofften, dass er auf seine Feinde zuspränge, aber nichts dergleichen geschah. Vier grinsende, schielende Hexen nahten sich ihm. Zuerst zauderten sie, immer noch von Angst erfüllt, und wussten nicht, wie sie sich verhalten sollten.

»Vorwärts! Fesselt ihn!«, wiederholte die Weiße Hexe. Die Hexen sprangen mit kurzen Sätzen auf ihn zu, sie kreischten und jubelten, denn sie stießen auf keinen Widerstand. Dann eilten böse Zwerge und Affen herbei, um den Hexen zu helfen. Sie wälzten gemeinsam das Riesentier auf seinen Rücken und banden ihm die vier Pfoten zusammen. Dabei johlten und grölten sie, als vollbrächten sie Heldentaten. Es wäre ihr Tod gewesen, hätte der Löwe auch nur eine Pfote gegen sie erhoben. Doch alles ertrug er lautlos, sogar als seine Feinde ihn an den Stricken rissen und zerrten und sie so straff anzogen, dass sie ihm ins Fleisch schnitten. Dann schleppten sie ihn zum Steintisch.

»Halt!«, befahl die Weiße Hexe. »Er soll erst geschoren werden!«

Unter ihrem Gefolge erhob sich gemeines Gelächter, als ein ekelhafter Menschenfresser mit einer großen Schere herbeikam und sich neben Aslans Kopf hinkauerte.

»Schnipp, schnapp, schnipp, schnapp« machte die Schere und eine Fülle goldener Locken fiel zur Erde. Dann trat der Menschenfresser zurück und die Kinder konnten aus ihrem Versteck Aslans Antlitz sehen. Nun sah er ganz mager und ganz anders aus als mit seiner wogenden Mähne. Auch seine Gegner merkten den Unterschied.

»He, he, zu guter Letzt ist er bloß eine große Katze!«, schrie einer von ihnen.

»Und vor der haben wir uns gefürchtet!«, brüllte ein anderer.

Alle umdrängten Aslan und verspotteten ihn. »Miau, miau, wie viel Mäuse hast du heute gefangen, du armes Miezekätzchen?«

»Willst du ein Schälchen Milch, Mieze-Muze?«

»Ach, wie können sie nur«, klagte Lucy – Tränen strömten über ihre Wangen. »Diese Rohlinge!«

Das geschorene Antlitz Aslans sah schöner und geduldiger aus als je zuvor.

»Legt ihm einen Maulkorb an!«, befahl die Hexe. Sogar jetzt, wo sie an ihm herumarbeiteten und ihm den Maulkorb aufzwangen, hätte ein einziger Biss seines Rachens sie mehrere Gliedmaßen kosten können. Doch er regte sich nicht. Das aber schien das Gesindel zu ärgern. Alle stürzten sich nun auf ihn, selbst diejenigen, die sich bisher noch gefürchtet hatten. Doch nachdem er so gefesselt und mit einem Maulkorb vor ihnen lag, wurden sie mutiger, und eine Weile lang konnten die beiden Mädchen Aslan nicht einmal mehr sehen, so dicht war er umringt von diesem scheußlichen Gewimmel, das ihn mit Füßen trat, ihn stieß, ihn bespuckte und üblen Spott mit ihm trieb. Dann fesselten sie ihn enger und zogen die Stricke immer stärker an. Er war so gefesselt, dass er nun tatsächlich nur noch einem Knäuel von Stricken glich.

»Oh, diese Feiglinge, diese Feiglinge«, schluchzte Suse. »Sogar jetzt haben sie noch Angst vor ihm.«

Endlich hatte das Gesindel seine hässlichen Späße satt. Sie schleppten den gefesselten Löwen mit seinem Maulkorb zum Steintisch. Einige zogen, andere schoben nach, er war zu gewaltig und sie erschöpften alle ihre Kräfte, um ihn auf die Steintafel zu heben.

Sobald Aslan auf dem flachen Tische lag, erstarrte die Menge in Stille. Vier Furien, vier Fackeln in den Händen, standen an den vier Ecken des Tisches. Die Hexe entblößte wieder ihre Arme, genau wie in der vergangenen Nacht, als es um Edmund und nicht um Aslan ging. Dann wetzte sie ihr Messer, die Kinder sahen das Messer im Fackelschein. Es schien nicht von Stahl, sondern von Stein zu sein und sah unheimlich und seltsam böse aus.

Endlich trat sie nahe an ihn heran und stand neben seinem Kopf. Ihr Gesicht zuckte krampfhaft und war vor Wut verzerrt. Aslan blickte still zum Himmel empor, ohne Groll, ohne Furcht. Da beugte sie sich nieder und rief, ehe sie zum Schlag anhob, mit bebender Stimme:

»Wer ist nun obenauf? Hast du mit all deinem Getue geglaubt, dass du den verräterischen Menschen retten kannst? Nun hast du zu sterben, so wie wir abgemacht haben, auf dass der Urzauber befriedigt werde. Aber wenn du erst einmal tot bist, wer will mich hindern auch ihn umzubringen? Begreifst du, dass du mir Narnia für immer ausgeliefert hast? Dein eigenes Leben hast du verloren und seines nicht gerettet. In diesem Bewusstsein magst du verzweifeln und sterben.«

Die Kinder sahen nicht, wie sie ihn tötete. Sie konnten den Anblick nicht ertragen und hatten ihre Augen verhüllt.

Noch tieferer Zauber aus der Zeiten Dämmerung

Während die beiden kleinen Mädchen noch in den Büschen kauerten, das Gesicht in den Händen, hörten sie die Hexe rufen: »Mir nach und auf in den letzten Kampf! Noch eine kurze Weile und wir haben das Menschengezücht ausgerottet, jetzt, da der große Narr, diese Riesenkatze, tot ist.«

Da schwebten die beiden Kinder einige Sekunden lang in großer Gefahr, denn mit wildem Geschrei, gellendem Pfeifen und schrillem Hörnerklang fegte das gemeine Pack gerade an ihrem Versteck vorbei Hügel abwärts. Sie fühlten die Gespenster wie einen kalten Wind an sich vorüberstreichen. Der Boden bebte vom Galoppieren der Stiermenschen und über ihren Köpfen schwirrte der garstige Flügelschlag schwarzer Geier und riesenhafter Fledermäuse. Zu jeder anderen Zeit hätten sie vor Furcht gezittert, aber ihr Herz war zu voll von Trauer, Schrecken und Scham über Aslans Tod und sie achteten kaum auf etwas anderes.

Sobald der Wald wieder still geworden war, erkletterten Suse und Lucy den Hügel. Der Mond war im Untergehen, leichte Wolken glitten über ihn hin, aber sie sahen gleich die Gestalt des toten Löwen in seinen Fesseln. Sie knieten beide im nassen Gras, sahen sein kaltes Gesicht und streichelten sein schönes Haar, so viel davon übrig geblieben war, und weinten, bis sie keine Tränen mehr hatten. Dann blickten sie sich an, fassten sich aus lauter Einsamkeit an den Händen, weinten aufs Neue und verstummten abermals. Endlich sagte Lucy: »Ich kann den hässlichen Maulkorb nicht ertragen, können wir ihn nicht abnehmen?«

Sie versuchten es und nach vielen Anstrengungen, ihre Finger waren starr vor Kälte und es war stockfinstere Nacht, gelang es schließlich. Aber als sie sein Gesicht frei sahen, brachen sie von neuem in Tränen aus und liebkosten und hätschelten ihn abermals. Blut und Schaum wischten sie, so gut sie konnten, weg und alles war unsagbar gottverlassen, unsagbar hoffnungslos, unsagbar grauenvoll.

»Ob wir ihm nicht auch die Fesseln abnehmen könnten?«, fragte Suse.

Doch seine Gegner hatten aus purer Bosheit die Stricke so fest angezogen, dass sie keinen Knoten lösen konnten.

Ich hoffe, keiner, der dieses Buch liest, ist jemals so unglücklich und traurig gewesen wie Suse und Lucy in jener Nacht, aber wenn jemand von euch jemals eine Nacht lang aufgeblieben ist und geweint hat, bis ihm die Tränen versiegten, dann wird er wissen: Zu guter Letzt tritt Friede ein, so als ob niemals wieder irgendetwas geschehen könnte. Jedenfalls fühlten die beiden kleinen Mädchen es so.

Stunde um Stunde verstrich in tödlicher Stille. Sie spürten kaum, dass sie froren und dass es kälter und kälter wurde, aber endlich merkte Lucy, wie die Dunkelheit des Himmels sich im Osten erhellte. Es war nicht mehr ganz so schwarz wie vor einer Stunde und an ihren Füßen sah sie im Gras etwas Winziges hin und her huschen. Zuerst achtete sie nicht darauf. Was bedeutete das schon? Jetzt war nichts mehr wichtig. Doch da sah sie, wie dieses Etwas sich dem Steintisch näherte, und was es auch sein mochte, es krabbelte jetzt sogar auf Aslans Leib herum. Sie betrachtete es genauer, es war etwas Kleines, Graues.

»Igitt!«, rief Suse über den Tisch hinüber. »Wie ekelhaft! Da krabbeln widerliche kleine Mäuse über ihn. Weg mit euch, Geziefer!«, und sie erhob die Hand um sie zu verscheuchen.

»Warte«, bat Lucy, sie hatte die Tierchen genauer beobachtet. »Siehst du nicht, was sie tun?«

Beide Mädchen beugten sich weiter hinunter. »Ich glaube fast ...«, begann Suse. »Ach, wie sonderbar! Sie nagen die Fesseln durch.«

»Das schien mir auch so«, sagte Lucy, »und ich meine, es sind gute Mäuse. Ach, die armen kleinen Dinger wissen noch gar nicht, dass er tot ist. Sie denken, es nützt etwas, wenn sie ihn befreien.«

Es wurde nun wirklich heller und auf einmal merkten die Kinder, wie blass sie beide aussahen. Die Mäuse knabberten und nagten weiter. Viele, viele hundert Feldmäuse nagten ein Seil nach dem anderen durch, während die Sterne verblassten und der Himmel weiß wurde. Nur ein großer Stern schwebte noch tief am östlichen Horizont. Suse und Lucy froren jetzt noch mehr als in der Nacht. Die Mäuse huschten lautlos davon und die Mädchen räumten die zernagten Stricke beiseite. Befreit von ihnen glich Aslan wieder mehr sich selbst. Ja, von Minute zu Minute sah sein Antlitz edler aus, und jetzt, da es lichter wurde, konnten sie ihn deutlicher erkennen.

Hinter ihnen im Wald ließ ein Vogel einen lachenden Ruf ertönen. Es war viele Stunden lang so still gewesen, dass sie bei diesem Laut erschraken. Dann antwortete ein anderer Vogel und bald erscholl überall

Vogelgesang. Der Morgen war angebrochen, die Nacht war vergangen.

»Mich friert«, klagte Lucy.

»Mich auch«, sagte Suse. »Laufen wir ein wenig auf und ab.«

Sie liefen bis zum östlichen Hügelrand und schauten hinab. Der eine große Stern war fast verschwunden. Das Land war noch tief in Grau, doch dahinter, am Rand der Welt, schimmerte das fahle Meer. Der Himmel rötete sich. Die beiden Mädchen liefen ungezählte Male hin und her um sich zu erwärmen. Ach, wie müde waren alle ihre Glieder! Dann standen sie einen Augenblick still und schauten auf das Meer und Feeneden, das sie eben erst erkennen konnten. Dort, wo Meer und Himmel sich berührten, wandelte sich das Rot in Gold und langsam stieg der Sonnenball empor. Da hörten sie hinter sich ein lautes Krachen.

Es war ein geradezu ohrenbetäubendes Geräusch, als zerschmetterte ein Gigant eine riesige Platte.

»Was war das?«, fragte Lucy und griff nach Suses Arm.

»Ich ... ich ... habe Angst, mich umzudrehn«, stammelte Suse.

»Sie tun ihm noch mehr Böses an!«, schrie Lucy.

Und sie wandte sich um, Suse dabei mit sich reißend.

Der Sonnenaufgang hatte alle Farben und Schatten verändert, sodass sie zunächst das Wichtigste nicht bemerkten. Plötzlich sahen sie es: Der Steintisch war bei dem lauten Krachen in zwei Teile geborsten und ein klaffender Sprung lief quer durch. Aslan war nicht mehr da.

»Oh, oh, oh«, klagten die beiden Mädchen und rannten zum Tisch zurück.

»Das ist zu grässlich«, schluchzte Lucy. »Seinen Leichnam hätten sie doch in Frieden lassen können.«

»Wer hat das getan?«, schrie Suse. »Was bedeutet das? Noch mehr Zauber?«

»Jawohl«, sprach eine volle Stimme hinter ihrem Rücken. »Ein noch tieferer Zauber!«

Sie schauten sich um. Leuchtend in der aufgehenden Sonne, gewaltiger denn je, stand Aslan da. Er selbst! – Und er schüttelte seine Mähne, die anscheinend wieder gewachsen war.

»Oh, Aslan!«, schrien die Kinder und starrten ihn beglückt und erschrocken an.

»Du bist also nicht tot, lieber Aslan?«, fragte Lucy.

»Nicht mehr«, antwortete er.

»Und du bist kein Ge... Ge... ?«, fragte Suse mit zitternder Stimme. Sie brachte das Wort »Gespenst« nicht über die Lippen.

»Sehe ich so aus?«, fragte Aslan. Er neigte sich und berührte mit den Lippen ihre Stirnen.

»Oh, du bist, du bist wirklich ganz, wirklich, Aslan!«, rief Lucy.

Und die beiden Mädchen umarmten ihn und bedeckten sein mächtiges Haupt mit Küssen.

Sobald sie sich etwas beruhigt hatten, fragte Suse: »Aber was bedeutet das?«

»Es bedeutet, dass die Hexe vom Urzauber wohl Kenntnis hatte, aber keine Ahnung von jenem tieferen Zauber, der noch weit hinter dem Urzauber waltet. Ihre Kenntnis reicht nur bis zum Anfang der Zeit; hätte sie ein wenig weiter dahinter schauen können, in das Schweigen und die Finsternis vor der Zeiten Dämmerung, dann hätte sie den anderen Zauberbann erspäht und hätte erkannt: Wenn sich einer, der nichts verbrochen hat, freiwillig für einen Schuldigen opfert, dann bricht der Steintisch entzwei und der Tod weicht zurück. Und nun ... «

»Oh, fein!«, freute sich Lucy. »Und was nun?« Sie sprang auf und klatschte in die Hände.

»Oh, Kinder«, rief der Löwe, »ich fühle meine Kräfte wieder! Fangt mich, wenn ihr könnt!« Seine Augen strahlten auf und seine Glieder erbebten. Er schlug mit dem Schweif um sich. Dann duckte er sich, sprang hoch über ihre Köpfe und landete auf der anderen Seite des Tisches.

Jauchzend, ohne recht zu wissen warum, rannte Lucy zu ihm hinüber und versuchte ihn zu fassen, aber Aslan sprang wieder hoch und eine tolle Jagd begann. Er hetzte sie rings um den Hügel herum. Es war aussichtslos, ihn zu fangen, nur seinen Schweif erwischten sie beinahe. Dann war er plötzlich dicht bei ihnen, schleuderte sie mit seinen mächtigen und schönen Samtpfoten in die Luft und fing sie wieder auf, und ebenso unvorhergesehen hielt er plötzlich inne, sodass sie übereinander purzelten. Ach, es war ja ein solch glücklich lachendes Durcheinander von Armen und Beinen, eine Ausgelassenheit, wie es sie eben nur in Narnia gibt. Und das Merkwürdigste dabei war: Die Mädchen fühlten keinerlei Müdigkeit mehr, und als sie bald darauf schnaufend in der Sonne lagen, waren ihnen auch Hunger und Durst vergangen.

Da sagte Aslan: »Nun aber zu ernsteren Dingen! Ich habe das Bedürfnis, zu brüllen. Stopft euch lieber die Finger in die Ohren!« Dann erhob er sich und öffnete seinen Rachen. Sein Anblick wurde so schrecklich, dass sie ihn kaum anzusehen wagten. Er brüllte! Die Bäume beugten sich vor seiner Stimme, so wie das Gras auf der Wiese im Winde zittert. Dann sprach er:

»Wir haben einen weiten Weg vor uns. Ihr dürft auf mir reiten.«

Er bückte sich und so konnten die Kinder auf seinen

warmen goldenen Rücken steigen. Vorn saß Suse, die hielt sich an seiner Mähne fest. Lucy saß dahinter und klammerte sich fest an Suse. Mit einem ungeheuren Satz erhob sich Aslan mit ihnen und dann schoss er, schneller als das schnellste Ross, Hügel abwärts in das Dickicht des Waldes hinein.

Dieser Ritt war wohl das Wunderbarste, was sie in Narnia erlebten. Seid ihr jemals auf einem Pferd Galopp geritten? Nun, stellt es euch vor, aber statt an klappernde Hufe und knirschendes Zaumzeug denkt an den lautlosen Fall der riesigen Samtpfoten. Sie saßen nicht auf einem grauen, schwarzen oder kastanienbraunen Pferderücken, sondern auf goldenem Fell, und die Mähne flog nach hinten. Er lief doppelt so schnell als das schnellste Rennpferd, aber dieses Pferd musste man nicht zügeln und es wurde niemals müde, über keinen Berg ging es langsamer. Er stürmte vorwärts, glitt niemals aus, strauchelte nie, fand sicher seinen Weg zwischen dichten Baumstämmen, sprang über Büsche und Hecken, er watete durch die schmalen Flüsse, den größten durchschwamm er.

Und sie ritten weder auf einer Straße noch in einem Park, noch am Strand oder in den Dünen, sondern sie ritten quer durch Narnia, mitten im Frühling, Buchenalleen hinunter und über Lichtungen von Eichen, durch wilde Obstgärten, an weiß blühenden Kirschbäumen vorbei, an tosenden Wasserfällen vorüber, an bemoosten Felsen, an widerhallenden Höhlen, schwindelnde Grate hinauf und Steilhänge hinunter, in verwilderte Täler und über weite Flächen mit leuchtend blauen Blumen. Es war schon fast Mittag, als sie von einem steilen Berghang aus ein Schloss erblickten. Von dieser Höhe aus gesehen, glich es einem Spielzeugschloss mit lauter kleinen spitzen Türmchen, aber der Löwe stürmte in solchem Tempo bergab, dass es jeden Augenblick größer und größer wurde, und bevor sie noch Zeit hatten, sich zu fragen, was das wohl für ein Schloss sein könnte, standen sie schon vor seinen Mauern. Nun sah es nicht mehr wie ein Spielzeug aus, sondern erhob sich finster drohend vor ihnen. Kein Menschengesicht schaute über den Festungswall und die hohen Tore waren fest verschlossen. Aslan verringerte seinen Lauf nicht, sondern rannte wie aus der Kanone geschossen darauf zu.

»Das Haus der Hexe! Nun, Kinder, haltet euch fest.«

Im nächsten Augenblick schien die ganze Welt Kopf zu stehen und den Kindern war es, als drehe sich ihnen der Magen um. Der Löwe hatte sich zum gewaltigsten Sprung gesammelt, den er bisher mit ihnen gewagt hatte, und sprang, ach nein, wir wollen es lieber fliegen nennen, er flog regelrecht über die Schlossmauer.

Die beiden Mädchen waren atemlos, aber unversehrt. Als er auf dem Boden landete, purzelten sie von seinem Rücken herab und befanden sich mitten in einem weiten gepflasterten Hof voll Steinfiguren.

Was mit den versteinerten Figuren geschah

»Welch merkwürdiger Ort!«, rief Lucy. »All dies steinerne Getier und auch menschliche Figuren! Es ist wie in einem Museum.«

»Pst, pst«, warnte Suse. »Sieh doch, was Aslan tut.«

Und wirklich! Er sprang zu einem Steinlöwen hin und blies ihn mit seinem Atem an. Ohne innezuhalten strich er von einem zum andern, wedelte wie eine Katze mit dem Schweif um alle herum und blies den Steinzwerg an, der – ihr erinnert euch doch noch –, nur wenig vom Löwen entfernt, diesem den Rücken zukehrte. Dann eilte er zu einer hohen steinernen Dryade, die hinter dem Zwerg stand, wandte sich blitzschnell seitlich zu einem steinernen Kaninchen auf der rechten Seite und lief zu zwei Zentauren hin.

Doch da rief Lucy: »Oh, Suse, schau dir den Löwen an!«

Ihr habt sicher schon einmal gesehen, wie jemand ein brennendes Zündholz an das Papier hält, das zum Feuerfangen unter dem Holz im Ofen liegt. Erst scheint gar nichts zu geschehen, dann aber zuckt ein feiner Flammenstreifen am Rande des Papiers entlang. Und genau so passierte es hier. Eine Weile, nachdem Aslan den Steinlöwen angeblasen hatte, blieb er unverändert starr, dann begann ein dünner Streifen Gold an seinem weißen Marmorrücken entlang zu züngeln, er verbreiterte sich und beleckte ihn, wie eine Flamme das Papier entzündet. Während sein Hinterteil noch versteinert war, schüttelte er schon die Mähne, und eine Steinfalte nach der andern wurde zu lebendigem Haar. Dann öffnete er seinen großen roten Rachen und ließ warm und lebendig ein beachtliches Gähnen hören. Und nun erwachten seine Hinterbeine zum Leben, er hob eines und kratzte sich. Schließlich erblickte er Aslan, lief zu ihm hin, tanzte einen Freudentanz vor Entzücken, sprang an ihm empor und leckte sein Angesicht.

Selbstverständlich folgten die Kinder mit ihren Augen dem Löwen, aber es gab so viele Wunder zu sehen, dass sie ihn bald vergaßen. Überall begannen die Steingebilde zu leben. Der Hof glich nicht länger einem Museum, sondern viel eher einem zoologischen Garten. Allerhand Tiere eilten zu Aslan und umringten ihn, zeitweilig verschwand er gänzlich im Gedränge. Das unheimlich farblose Grau des Hofes verwandelte sich in lebendigen Farbenglanz. Das warme Kastanienbraun der Zentaurenleiber; das Indigoblau des Hornes der Einhörner; das Rostbraun der Füchse; Hunde und Satyre; die gelben Strümpfe und knallroten Mützen der Zwerge; Eiben und Buchen mit ihrem silbrigen Grün; das Lärchengrün, das fast noch gelblich schimmerte; dazwischen gestreut das Silber der Birkenstämme; und nicht zu vergessen das flammend farbige Gefieder der Vögel.

Aus dem tödlichen Schweigen des Hofes war ein Mordslärm geworden, ein glückliches Bellen, Kläffen, Winseln, das Posaunen der Esel, ein Girren, Gurren, Trillern, Zwitschern, Pfeifen und Tremolieren, ein Stampfen, Wiehern und ein Hurraschreien, ein Jubilieren, Singen und Lachen.

»Oh«, rief Suse ängstlich, »jetzt bin ich neugierig, ob das gut ausgeht!«

Lucy blickte auf und sah, wie Aslan die Füße eines versteinerten Riesen anblies.

»Nur keine Angst!«, rief Aslan freudestrahlend. »Sobald die Beine sich bewegen, kommt das andere nach.«

»Ja, das eben fürchte ich«, flüsterte Suse in Lucys Ohr. Aber es war zu spät, es zu verhindern, selbst wenn Aslan es gehört hätte. Das Erwachen krabbelte schon an den Riesenbeinen hoch und da bewegte er seine Füße und einen Augenblick später hob er seine Keule auf die Schulter, rieb sich die Augen und sagte:

»Lieber Himmel, ich muss eingeschlafen sein. Aber wo steckt die vermaledeite kleine Hexe? Sie war doch eben zum Greifen nahe, zwischen meinen Füßen war sie.«

Alle schrien ihm etwas zu und versuchten ihm zu erklären, was inzwischen tatsächlich geschehen war. Aber erst nachdem der Riese seine Hand ans Ohr gelegt hatte und sie es nochmals wiederholten, verstand er es endlich, zog seine Kappe vor Aslan und beugte seinen Kopf zwei Stockwerke tief zu Boden; dabei strahlte er über sein hässliches, aber gutmütiges Gesicht. Riesen seiner Art sind heute sehr selten und nur wenig Riesen sind gutmütig. Ich wette mit euch, ihr habt noch niemals einen »strahlenden« Riesen gesehen. Das ist wirklich ein lohnender Anblick.

»Nun ins Haus hinein!«, befahl Aslan. »Schaut euch überall nach Lebendigem um, treppauf, treppab, auch in den Zimmern der Hexe! Untersucht jede Ecke! Ihr ahnt gar nicht, wo noch arme Gefangene verborgen sein können.«

Da rannten alle in das Schloss hinein und für einige Minuten hallte durch das schrecklich alte, dunkle Gebäude das Öffnen der Fenster und aus jedem hörte man sie einander zurufen: »Vergesst das Burgverlies nicht!« – »Lasst mich diese Tür öffnen.« – »Da ist eine kleine Wendeltreppe.« – »Hört mal, da ist ein Känguru, ruft Aslan!« – »Pfui, wie das hier stinkt.« – »Sucht nach Falltüren!« – »Hier hinauf!« – »Dort auf dem Treppenabsatz gibt's noch eine Menge.«

Aber das Allerbeste war, als Lucy die Treppe hinaufgerannt kam und schrie: »Aslan, Aslan, ich habe Herrn Tumnus gefunden, oh, komm schnell!«

Gleich darauf hielten sich Lucy und der kleine Faun bei den Händen und tanzten vor Freude Ringelreihen. Dem kleinen Kerl war die Versteinerung nicht weiter schlecht bekommen und er war natürlich sehr gespannt auf alles, was sie ihm zu erzählen hatten.

Doch endlich war diese Herumrennerei beendet und das ganze Schloss der Hexe durchstöbert. Nun stand es leer, mit geöffneten Türen und Fenstern, und die Frühlingsluft durchflutete den dunklen ekelhaften Ort, der das so nötig hatte.

Die erlösten Steinfiguren kamen in den Hof zurück und da geschah es, dass irgendjemand – ich glaube es war Tumnus – zum ersten Mal fragte: »Aber wie kommen wir denn hier hinaus?« Denn Aslan war mit einem Satz über die Mauer gekommen und das Tor war noch immer verschlossen.

»Das wird schon gehn«, beruhigte Aslan. Dann schrie er dem Riesen zu: »He, du dort oben! Wie heißt du?«

»Riese Rumbelbuffel, mit Verlaub, Euer Gnaden«, antwortete der Riese und zog abermals seine Kappe.

»Nun denn, Riese Rumbelbuffel«, sagte Aslan, »schaff uns einen Ausgang! Willst du?«

»Natürlich, Euer Gnaden, soll mir ein Vergnügen sein«, antwortete der Riese Rumbelbuffel. »Tretet nur vom Tor zurück, ihr kleinen Geschöpfe.« Dann schritt er breitbeinig zum Tor, und: bum, bum, bum, schlug seine ungeheure Keule zu. Die Tore knirschten beim ersten Schlag, knackten beim zweiten und beim dritten Schlag zersplitterten sie.

Dann machte er sich an die beiden Seitentürme und nach wenigen Minuten Krachen und Splittern fielen auch diese und ein guter Teil der Burgmauer dazu donnernd in sich zusammen und bildeten einen trostlosen Trümmerhaufen. Der Staub verzog sich und nun war es höchst seltsam, in diesem grimmigen grauen Steinhof zu stehen und durch die Bresche ins Freie zu schauen. Da sahen sie Gras und wogende Bäume, sie sahen funkelnde Ströme und die Wälder, dahinter blaue Hügel und jenseits der Hügel den Himmelsrand.

»Donnerwetter, ich bin ja ganz in Schweiß gebadet.« Der Riese schnaufte wie eine große Lokomotive. »Ich bin ja ganz aus der Form gekommen. Hat vielleicht eine der jungen Damen so etwas wie ein Taschentuch bei sich?«

»Ja, ich habe eins!« rief Lucy, stellte sich auf die Zehenspitzen und hielt ihr Taschentuch, so hoch sie reichen konnte.

»Vielen Dank, Fräulein«, sagte der Riese Rumbelbuffel und beugte sich nieder. Im nächsten Augenblick bekam Lucy einen Schrecken, denn der Riese hob sie mit Zeigefinger und Daumen auf. Doch als sie schon fast vor seinem Gesicht war, starrte er verwundert und setzte sie sanft auf den Boden zurück.

»Du lieber Himmel«, murmelte er. »Hab ich doch jetzt das kleine Mädchen erwischt. Entschuldigung, Fräulein, hab gedacht, Sie seien das Taschentuch.«

»Nein, nein«, sagte Lucy. »Das hier ist es.« Diesmal gelang es ihm richtig, es zu fassen, aber es war zwischen seinen Fingern so klein wie eine Sacharintablette für uns. Als Lucy sah, wie er feierlich damit über sein großes rotes Gesicht fuhr, meinte sie:

»Es tut mir Leid, Herr Rumbelbuffel, Sie haben nicht viel davon.«

»Aber nein, aber nein«, sagte der Riese höflich. »Hab noch nie so ein hübsches Tüchlein gehabt! Es ist so fein, so praktisch, so ... ich weiß nicht, wie ich es beschreiben soll.«

»Was für ein reizender Riese«, meinte Lucy zu Herrn Tumnus.

»O ja«, entgegnete der Faun. »Die Rumbels waren immer so. Die sind die angesehenste Riesenfamilie in Narnia. Nicht besonders gescheit (ich weiß nicht, ob es gescheite Riesen gibt), aber eine alte Familie, weißt du, eine mit Tradition. Andernfalls hätte ihn die Hexe niemals in Stein verwandelt.«

Da klatschte Aslan in die Pfoten und befahl Schweigen.

»Unser Tagwerk ist noch nicht zu Ende«, sagte er. »Wenn die Hexe vor dem Zubettgehn noch endgültig besiegt werden soll, müssen wir sofort zum Kampf aufbrechen.«

»Und daran teilnehmen, hoffe ich, Herr«, fügte der größte der Zentauren hinzu.

»Selbstverständlich«, bestätigte Aslan. »Jetzt müssen diejenigen, die sonst nicht mitkämen, die Kinder, Zwerge, kleinen Tiere, auf den Rücken der Großen reiten, also der Löwen, Zentauren, Einhörner, Pferde, Riesen und Adler. Diejenigen, die gute Nasen haben, müssen mit uns Löwen vorauseilen um das böse Gesindel aufzuspüren. Macht schnell und ordnet euch!«

Das taten sie denn auch mit viel Getöse und Beifall. Der Zufriedenste von allen war der andere Löwe. Der lief überall herum und tat so, als sei er mächtig beschäftigt. In Wirklichkeit aber erzählte er jedem, dem er begegnete: »Hast du gehört, was er sagte? Wir Löwen! Das sind er und ich. Wir Löwen! Das hab ich so gern an Aslan. Kein Hochmut, keine Überheblichkeit, wir Löwen! Er meint damit sich und mich.«

Er lief so lange herum und wiederholte das, bis Aslan ihm drei Zwerge, eine Dryade, zwei Kaninchen und einen Igel aufgeladen hatte. Das brachte ihn ein bisschen zur Vernunft.

Ein großer Schäferhund half Aslan am meisten die Schar in Reih und Glied zu ordnen. Als alles bereit war, zogen sie durch die neue Öffnung in der Schlossmauer aus. Zuerst kamen die Löwen und Hunde, nach allen Richtungen mit der Nase auf dem Boden schnuppernd, und da witterte auch schon ein großer Hund plötzlich die Fährte und schlug an. Nun war keine Zeit mehr zu verlieren. Die Hunde, Löwen, Wölfe und alle anderen Jagdtiere verfolgten in schnellem Lauf, die Nasen auf der Erde, die Fährte. Die Übrigen folgten, so schnell sie konnten. Es war ein Lärm wie auf einer englischen Fuchsjagd. Und gerade als sie um die letzte Windung eines engen, verschlungenen Tales kamen, hörte Lucy zwischen all dem Lärm noch einen anderen Laut. Das klang so gänzlich fremd, dass sie ein unheimliches Gefühl überkam. Es war ein Schreien und Rufen und Metall schlug an Metall.

Nun waren sie aus dem engen Tal heraus und sahen, was geschah. Peter und Edmund kämpften verzweifelt mit dem Rest von Aslans Getreuen gegen einen Haufen scheußlicher Gestalten. Suse und Lucy kannten sie aus der vergangenen Nacht, nur sahen sie jetzt im Tageslicht noch seltsamer, übler und missgestalteter aus. Es schienen auch viel mehr zu sein. Peters Getreue deckten ihm den Rücken, aber es waren erschreckend wenige und der ganze Kampfplatz war übersät mit Steinfiguren. Offenbar hatte die Hexe ihren Zauberstab benutzt. Augenblicklich jedoch gebrauchte sie ihn nicht, sondern focht mit ihrem Steinmesser. Sie kämpfte mit Peter und beide schlugen so hart aufeinander ein, dass Lucy nur schwer begriff, was eigentlich geschah. Sie sah bloß das Steinmesser und Peters Schwert. Beide schwangen es so schnell hin und her, dass sie drei Messern und drei Schwertern glichen. Das kämpfende Paar stand in der Mitte. Wohin Lucy auch blickte, auf allen Seiten passierten die schrecklichsten Dinge.

»Hinunter von meinem Rücken, Kinder!«, schrie Aslan. Die beiden purzelten zu Boden, und mit einem Donner, der ganz Narnia von der westlichsten Straßenlaterne bis zum östlichen Meeresstrand erschütterte, stürzte sich die mächtige Gestalt des Löwen auf die böse Hexe.

Ihr Gesicht wandte sich ihm zu. Einen Augenblick lang sah Lucy ihren Ausdruck von Schrecken und Entsetzen, dann prallten Löwe und Hexe aufeinander. Aber die Hexe unterlag und gleich darauf durchbrachen die Kämpfer, die Aslan aus dem Schloss der Hexe befreit hatte, die feindlichen Linien. Die Zwerge mit ihren Streitäxten, die Hunde mit gebleckten Zähnen, der Riese mit seiner Keule – und auch seine Füße zertraten, was ihm in den Weg kam –, Einhörner mit spitzem Horn und die Zentauren mit Schwert und Huf. Peters ermüdete Heerschar jubelte auf, die Neuangekommenen brüllten jauchzend und die Feinde wimmerten und heulten, dass der Wald vom Lärm dieses Schlachtgetümmels widerhallte.

Die Jagd auf den Weißen Hirsch

Wenige Minuten nach ihrer Ankunft war der Kampf entschieden. Die meisten Feinde wurden von Aslan und seinen Gefährten im ersten Sturm überrannt, und als die Überlebenden merkten, dass die Hexe tot war, gaben sie den Widerstand auf oder suchten das Weite.

Lucy sah, wie Aslan und Peter sich umarmten. Peters Anblick befremdete sie, sein Gesicht war so blass und ernst, als sei er viele Jahre älter geworden.

»Es war Edmunds Tat, Aslan«, sagte Peter. »Ohne ihn wären wir alle besiegt worden. Die Hexe verwandelte unsere Truppen rechts und links in Stein. Nichts konnte Edmund aufhalten. Er kämpfte sich an drei Menschenfressern vorbei, die Hexe wollte eben deine Leoparden versteinern. Und als er bis zu ihr vorgedrungen war, zerschmetterte er mit dem Schwert blitzschnell ihren Zauberstab. Er war so klug, nicht zuerst auf sie loszuschlagen – den Fehler machten die andern alle –, sonst wäre auch er noch versteinert worden. Wir hatten schon genug Drangsal, Leid und Mühe. Als ihr Zauberstab zerbrochen war, besserte sich unsere Lage. Aber wir hatten schon vorher zu viele der Unsern verloren. Edmund ist schwer verwundet, wir müssen nach ihm sehn.«

Etwas abseits vom Kampfplatz fanden sie Edmund in der Obhut von Frau Biberin. Sein Mund stand weit offen und sein Gesicht war grünlich bleich.

Da erinnerte sich Lucy zum ersten Mal wieder an das

kostbare Lebenselixier, das ihr der Weihnachtsmann geschenkt hatte. Sie konnte den Stöpsel kaum aus der Flasche ziehen, so sehr zitterten ihr die Hände; doch zuletzt gelang es und sie träufelte einige Tropfen in den Mund ihres Bruders.

Als sie noch immer angstvoll auf Edmunds blasses Gesicht blickte und wartete, ob der Saft schon geholfen hätte, mahnte Aslan:

»Es gibt noch mehr Verwundete, Lucy!«

»Ja, ich weiß«, meinte Lucy ärgerlich. »Warte noch einen Augenblick!«

»Evastochter«, sagte Aslan mit ernster Stimme. »Die anderen sind auch dem Tode nahe. Sollen noch mehr Geschöpfe Gottes für Edmund sterben?«

»Verzeih mir!«, rief Lucy, sprang auf und folgte ihm. Und in der nächsten halben Stunde waren sie beide rastlos beschäftigt, sie, die Verwundeten zu retten, und er, die Versteinerten zu erlösen. Dann endlich war Lucy frei und kehrte zu Edmund zurück. Er stand wieder auf den Beinen, und nicht nur seine Wunden waren geheilt, sondern er sah weit besser aus als je zuvor, besser jedenfalls als seit dem ersten Jahr in der abscheulichen Schule. Damals waren seine schlechten Eigenschaften zum Vorschein gekommen. Nun aber war er wieder ganz der alte Edmund und konnte einem offen ins Gesicht blicken. Und hier, mitten auf dem Schlachtfeld, schlug Aslan ihn zum Ritter.

»Weiß er auch, was Aslan für ihn getan hat?«, flüsterte Lucy Suse zu. »Weiß er, was Aslan in Wirklichkeit mit der bösen Hexe abgemacht hatte?«

»Pst, nein, natürlich nicht«, sagte Suse.

»Sollten wir es ihm nicht erzählen?«, fragte Lucy.

»Nein, das wäre ja schrecklich für ihn. Überleg mal, wie dir in einem solchem Fall zumute wäre.«

»Das ist ganz gleichgültig. Er sollte es wissen«, beharrte Lucy, aber da wurden sie unterbrochen.

Zum Schlafen blieben sie in dieser Nacht, wo sie sich gerade befanden. Wie Aslan für alle Essen herbeischaffte, weiß ich nicht, doch irgendwie und irgendwo fand er das Nötige, und so saßen sie gegen acht Uhr abends alle im Gras um einen feinen Schmaus herum. Am anderen Morgen begann der Marsch gegen Osten, den Fluss entlang, und am Tag darauf, ungefähr zur Teestunde, erreichten sie wirklich die Mündung des großen Flusses. Das Schloss Feeneden auf seinem kleinen Hügel stand hochgetürmt über ihnen, davor der Strand mit Klippen und kleinen Meeresbuchten, mit Schilfgras und dem Geruch des Meeres und meilenweit blaugrüne Wogen, die sich immer und immer wieder auf dem Strande brachen. Ach, und die Schreie der Möwen! Habt ihr sie je gehört? Erinnert ihr euch daran?

An diesem Abend nach dem Tee gelang es den Kindern, wieder einmal an den Strand hinunterzulaufen, Schuhe und Strümpfe auszuziehen, und dann fühlten sie den Sand zwischen den Zehen ihrer bloßen Füße durchrieseln.

Doch der nächste Tag war viel feierlicher. Denn da – in der großen Halle von Feeneden, der Halle mit dem Elfenbeindach, die westliche Mauer mit Pfauenfedern behängt, das östliche Tor dem Meere zugewandt–, da krönte Aslan sie feierlich in Gegenwart all ihrer Freunde, unter Trompetenklang führte er sie zu den vier Thronen und laute Rufe erschallten: »Lang lebe König Peter! Lang lebe Königin Suse! Lang lebe König Edmund! Lang lebe Königin Lucy!«

Dann sagte Aslan: »Wer einmal König in Narnia wird, bleibt König für alle Zeiten. Vergesst das nie und haltet es hoch in Ehren, ihr Söhne Adams und ihr Töchter Evas!«

Durch das sperrangelweit geöffnete Osttor klang der Gesang der Meermänner und Meerjungfrauen. Sie schwammen dicht am Strande und sangen Lobgesänge zu Ehren der neuen Könige und Königinnen. So saßen die Kinder nun auf ihren Thronen, hielten Zepter in ihren Händen, ehrten alle ihre Freunde und belohnten sie, den Faun Tumnus und die Biber, den Riesen Rumbelbuffel, die Leoparden und guten Zentauren, die freundlichen Zwerge und auch den Löwen. In dieser Nacht war ein großes Fest auf Feeneden, lärmende Ausgelassenheit, Tanz und goldener Prunk. Der Wein floss in Strömen bei den Klängen der Musik und von draußen ertönte süßer und eindringlicher noch die Musik der Meerleute.

Inmitten der Festlichkeiten jedoch verschwand Aslan unbemerkt. Als die Könige und Königinnen bemerkten, dass er nicht mehr da war, sagten sie nichts darüber, denn der Biber hatte sie gewarnt. »Er wird kommen und gehen. Ihr werdet ihn an einem Tag sehen und am anderen nicht mehr. Niemals lässt er sich halten. Natürlich, es gibt noch andere Länder, die auch auf ihn warten. Das ist ganz recht so. Er wird wiederkommen, aber ihr dürft nicht drängeln. Er ist wild, das wisst ihr doch, er ist kein zahmer Löwe.«

Wie ihr seht, ist nun die Geschichte fast, aber doch noch nicht ganz zu Ende.

Die zwei Könige und die beiden Königinnen regierten lange und gerecht in Narnia. Ihre Herrschaft war glücklich. Zunächst brauchte es noch viel Zeit, um die Überreste der Anhänger jener Weißen Hexe aufzuspüren und zu beseitigen. Zeitweise kamen immer wieder Meldungen von bösen Dingen, die sich in den weiten Wäldern zutrugen. In dem einen Monat wurde ein

Werwolf gesichtet, im andern beunruhigte eine Hexe die ganze Gegend. Doch zu guter Letzt war die ganze üble Brut ausgerottet. Nun machten die vier Könige und Königinnen richtige Gesetze und sorgten für Frieden. Sie behüteten gute Bäume davor, unnötig gefällt zu werden, und befreiten die jungen Zwerge und kleinen Satyre von jeglicher Schulpflicht. Sie hielten die Geschäftemacher und sonstigen Unruhestifter im Zaum und unterstützten die guten Leute, die nach ihrem eigenen Geschmack leben und auch andere leben lassen wollten. Sie drängten die gefährlichen Riesen zurück, die – ganz anders als der Riese Rumbelbuffel – die Nordgrenzen Narnias überschreiten wollten. Sie schlossen Freundschaften und Bündnisse mit den Ländern jenseits des Meeres, machten Staatsbesuche und empfingen solche. Sie selbst wuchsen heran und veränderten sich von Jahr zu Jahr. Peter war ein hoher, breitbrüstiger Mann und großer Krieger geworden und hieß nun Peter der Prächtige. Suse war eine schlanke, anmutige Frau, deren schwarze Haare fast bis an die Knöchel niederfielen. Die Könige der Länder jenseits des Meeres schickten Boten, die um ihre Hand warben. Sie hieß Suse die Sanfte. Edmund war ernster und ruhiger als Peter, gewichtig im Rate, ein weiser Richter, und wurde Edmund der Gerechte genannt. Ach, und nun gar Lucy, immer noch war sie heiter und goldlockig und alle die Prinzen ringsumher wollten sie so gerne zu ihrem Prinzesschen machen. Im eigenen Volk nannte man sie Lucy die Tapfere.

So lebten sie in Glück und Freude, und wenn sie einmal an ihr Leben in dieser Welt zurückdachten, erschien es ihnen nur wie ein Traum ...

Da trug es sich eines Jahres zu, dass Tumnus, der bereits ein bejahrter und behäbiger Faun geworden war, den Fluss herunterkam und ihnen erzählte, der Weiße Hirsch sei wieder einmal im Westwald aufgetaucht, jener Weiße Hirsch, der einem Wünsche gewährt, wenn man ihn fangen kann. Da beschlossen die zwei Könige mit den beiden Königinnen und den wichtigen Hofleuten, mit Hörnern und Hunden im Westwald zu jagen und den Weißen Hirsch aufzuspüren. Und richtig, sie hatten noch nicht lange gejagt, als sie ihn sichteten. Sie folgten ihm über Stock und Stein, durch dick und dünn, bis die Pferde der Hofleute ermüdet zurückblieben und nur die vier ihn noch verfolgten. Aber nun sahen sie den Hirsch im Dickicht verschwinden, wohin selbst die Pferde ihm nicht folgen konnten. Da sagte König Peter:

»Edle Gefährten!« Da sie so lange schon Könige und Königinnen waren, redeten sie jetzt in einer ganz anderen Sprache miteinander. »Lasst uns von unsern Pferden springen und dem seltenen Tier ins Dickicht folgen, denn mein Lebtag jagte ich noch nie ein edleres Wild.«

»Hoher Herr«, nickten die anderen, »das wollen wir tun!«

So stiegen sie ab, banden die Pferde an die Bäume und schritten zu Fuß in das Dickicht. Da sagte Königin Suse:

»Edle Freunde, hier ist ein Wunder. Mir scheint, ich sehe einen eisernen Baum.«

»Hohe Frau«, sprach König Edmund, »wenn Ihr genauer hinschaut, werdet Ihr einen eisernen Pfahl erkennen mit einer Laterne obendrauf.«

»Bei des Löwen Mähne, was für ein sonderbares Zeichen!«, rief König Peter. »Eine Laterne unter so hohen dichten Bäumen, wo ihr Licht, selbst wenn man sie anzündete, keiner Seele leuchten würde.«

»Edler Bruder«, meinte Königin Lucy. »Die Bäume waren ursprünglich an dieser Stelle wohl niedriger, vielleicht waren ihrer auch wenige oder sie fehlten ganz, denn dies ist ein junger Wald und der Eisenpfahl ist alt.« Sie blieben stehen und betrachteten ihn aufmerksam. Dann sagte König Edmund:

»Ich weiß nicht, wie mir ist und warum mich diese Laterne so seltsam bewegt, als hätte ich Ähnliches schon einmal gesehn, vielleicht im Traum oder im Traum der Träume.«

»Mehr als dies«, bestätigte Königin Lucy. »Ich werde das Gefühl nicht los, als erwarteten uns hinter dem Laternenpfahl noch seltsamere Abenteuer.«

»Edle Schwester«, rief König Edmund, »mein Herz wird von der gleichen Vorahnung ergriffen!«

»Auch mir ergeht es so, edler Bruder«, sagte König Peter.

»Ich teile euer Gefühl und deshalb folgt meinem Rat«, bat Königin Suse. »Kehren wir zu unseren Pferden zurück und verfolgen wir den Weißen Hirsch nicht weiter.«

»Herrin«, sprach König Peter, »verzeihe, wenn ich widerspreche. Haben wir vier, seitdem wir Narnia regieren, jemals ein Unternehmen im Stich gelassen, ob es nun im Krieg, um Rechtsprechung oder um andere große Taten ging? Was immer wir unternahmen, wir haben es zu Ende geführt.«

»Schwester«, ergänzte Königin Lucy, »mein königlicher Bruder spricht wahr. Wir müssten uns schämen, wenn wir aus Furcht umkehrten, bevor wir nicht das edle Wild erlegt haben.«

»Das ist ganz meine Meinung«, sagte König Edmund. »Ich verlange sehnlichst danach, die Bedeutung dieses Zeichens zu ergründen. Für alle Reichtümer Narnias und des gesamten Eilandes wollte ich jetzt nicht mehr freiwillig umkehren.«

»Nun denn, im Namen Aslans!«, rief Königin Suse.

So drangen die Könige und Königinnen ins Dickicht vor und schon nach wenigen Schritten erinnerten sie sich plötzlich, dass das Ding, das sie vor sich sahen, eine Straßenlaterne war. Und als sie wieder einige Schritte gegangen waren, führte ihr Weg nicht mehr durch Zweige, sondern Mäntel streiften sie, und gleich darauf purzelten sie gemeinsam aus einer Wandschranktür in ein leeres Zimmer hinein und waren nicht mehr Könige und Königinnen in Jagdgewändern, sondern Peter, Suse, Edmund und Lucy in ihren Alltagskleidern. Es war noch derselbe Tag, dieselbe Stunde, zu der sie sich im Wandschrank versteckt hatten. Frau Macready und die Besucher redeten im Gang, aber sie kamen nicht ins Zimmer und die Kinder wurden nicht erwischt ...

Und das wäre nun eigentlich das Ende der Geschichte, hätten die Kinder nicht den Wunsch gehabt, dem Professor zu erklären, warum vier Mäntel aus dem Wandschrank fehlten. Der Professor, der wirklich ein erstaunlicher Mann war, sagte nicht etwa: »Seid nicht so dumm und erzählt mir keine Lügen«, sondern glaubte die ganze Geschichte. »Nein«, meinte er, »es würde nicht viel nützen, nochmals durch den Wandschrank zu gehn, um die Mäntel zu holen. Auf die Art kommt ihr niemals nach Narnia. Die Mäntel wären jetzt gar nicht mehr gut. Meint ihr nicht auch? Was sagt ihr? Ja, natürlich werdet ihr eines Tages wieder nach Narnia zurückgelangen. Wer einmal König von Narnia war, bleibt König von Narnia. Doch versucht nie denselben Weg zum zweiten Mal! Und überhaupt, versucht nicht so hinzukommen. Es geschieht von selbst, wenn ihr es nicht erwartet. Und redet nicht zu viel darüber! Versucht auch nicht es andern zu erklären, wenn ihr nicht spürt, dass sie ähnliche Abenteuer erlebt haben. Woher ihr das wissen sollt? Das werdet ihr schon merken. Das Seltsame, sagt man, offenbart sich von selbst. Haltet nur eure Augen offen! Lieber Himmel, was bringen sie den Kindern eigentlich heutzutage in den Schulen bei?«

Und das ist das wirkliche Ende der Abenteuer im Wandschrank. Doch wenn der Professor Recht hat, war es erst der Anfang der Abenteuer in Narnia.